炫动的尘埃

一　切　始　于　脚　下

张东勤 著

国际文化出版公司
·北京·

图书在版编目（CIP）数据

炫动的尘埃 / 张东勤著. -- 北京：国际文化出版公司，2021.6
ISBN 978-7-5125-1308-2

Ⅰ. ①炫… Ⅱ. ①张… Ⅲ. ①散文诗-诗集-中国-当代 Ⅳ. ①I227

中国版本图书馆 CIP 数据核字(2021)第 080047 号

炫动的尘埃

作　　者	张东勤
责任编辑	侯娟雅
特约策划	张立云
装帧设计	潇湘悦读
出版发行	国际文化出版公司
经　　销	全国新华书店
印　　刷	长沙市精宏印务有限公司
开　　本	710 毫米×1000 毫米　32 开
	7 印张　140 千字
版　　次	2021 年 6 月第 1 版
	2021 年 6 月第 1 次印刷
书　　号	ISBN 978-7-5125-1308-2
定　　价	58.00 元

国际文化出版公司
北京朝阳区东土城路乙 9 号　　邮编：100013
总编室：（010）64271551　　传真：（010）64271578
销售热线：（010）64271187
传真：（010）64271187-800
E-mail：icpc@95777.sina.net

目录

MULU

行走的影子

印迹是有痕的，如若无痕，岁月又怎能使人惆怅呢？印迹也是无痕的，如若有痕，岁月又怎能使人遗忘呢？

当你的激情能从某种敲击岩石的声音中获取时，摩擦的火花亦能惊醒你的灵魂。

影子从不寻找，在无声的岁月中，它唯有从偌大的实物中缩小自己，或从较小的物体中放大自己，并成为独立的自己。

如果撑起空无的袋子的是卷曲的骨架，纵使麻木，灵魂又怎能使它屈伸，甚至行走呢？

当你的下巴能越过超过你身高的杠杆时，无疑是激动人心的，唯愿那是你借助双手独自完成的。

愿你为搏斗而加固的那片栅栏，别在激怒中磨平了生命的棱角，也别在岁月中磨平了生命的意志。

生命在罐里酿造的蜜汁，使它的根浸泡在甜蜜之中时，又使它的生命之花在枝头凋零。

思想既能从断片的瞬间坠入黑暗的深渊，也能借助黑暗的翅膀重获新生。

倘若支撑生命的是一棵树，那么支撑想象的只需一片能扯动神经的树叶了。

身处雨滴附着的那片树叶之下，但愿洪水只能冲刷你心中的淤泥，而非你付生命之托的坝坎。

花借助从心中绽放的力量去包围它的生命，人却因吸取边缘的力量武装自己而骄傲。

飞翔因回放而璀璨，速度因快进而精彩。

一个皮囊给予的启示，便是另一个皮囊赋予的期望；一个回声探测的长度，便是另一个回声测算的深度。

痛苦滋生怜悯之前，它既是恶的根源，也是善的沃土，被生活揭示伤疤之后，唯有隐避或示人。

绽放的根基

在双唇抖动之前，生命之声早已言语，在悄无声息的步伐中，它早已同东升的旭日相向而行。

朋友，当你坐在吱嘎作响的藤椅上感到晃荡时，你不必惊恐，那或许是生活为释放你的压力而发出的声音，并非直抵深渊而松解的藤条。

你用劳作在田野升腾的那缕青烟即使再高再浓，也不过是徘徊于你心灵附近的一缕浓烟，万不可高于灵魂的高度。

生活的奥妙，劳作的深度，都在你向背的地方拉长了彼此的身影，展现你眼前的，只是一条划分季节的界线。

在屋内，你与灵魂共存，与心灵言语；在屋外，你能倾听自己的回声，回声却不能传回你的心间，拉长你虚弱的气息。

走在生活前列的往往是摸索前行的盲者，被抛之脑后的却是自傲的智者，因为生活行走时，总会聆听到专注的敲击声。

淹没你记忆的那条河流并没有吞噬孤独的防线，也没有触及痛苦的边缘，是什么使你默默地潸然泪下呢？角色从生命之河的长廊里逆流而上，再从时间之钟的敲击中锤炼，才能在智慧之屋里发生转换。使内心充满斗争的是一条席卷黄沙的河流，目光所及，你该拿什么修筑高屋之处的堡垒呢？又能拿什么加固你思想的根基呢？

施舍若不从自主的道路上走过，在平等的尊严上站立，从法治的城堡中获取，那么，一切不过是废墟之上摇旗呐喊的试验品罢了。

见证黑夜的不是睡梦，而是苏醒，从梦中入睡，从梦中惊醒，一切都在时间的轮回里发生和覆灭。

一个游荡的呐喊声该怎么唤醒陷入空白深渊的灵魂呢？又有什么能撼动强者的禁锢呢？

入住你醒时的梦中的那颗星星是不可能在寂静的时空中化作照耀你思想的光环的，它唯有在深邃的启示中自我隐匿。

你在心田浇灌的那棵大树，若没有智慧供养，没有思想施肥，它绽放的花朵又怎能在山丘和原野飘香呢？

如果你埋藏心田的秘密不会随时间之河的流淌而消失，也不会随生命之坎而高涨，那么你唯有在苦海中沉沦，直至淹没了。

缝隙的高度

在炉火旁，你是否像炽热的高温那样烘烤你冰冷的内心？是否用灵魂征服禁锢你自由的枷锁？

在影中，我们都是最自由的渺小者，也是最渺小的自由者，不宜放大也不宜缩小。

忧伤在心中封闭的那道门，微风不也透过门缝轻抚它的脸庞吗？阳光也会照进来，你还沮丧什么呢？

倘若你理想的高度是测量身高的皮尺所能丈量的，你的成就也不过是一道装饰生命的风景罢了。

在风中行走，纵使万物包围着你，羁绊着你，自由也会引领着你，不过在行走之前，你应怀着虔诚的赤裸的心在路口笃定。

生命总在一切的道路上行走，即使日光会灼伤他的眼目，暴雨会阻挠他探索的心灵，又有什么能覆盖真理的全部呢？

若愤怒包裹的影子是仁慈的，即使冲动盘绕着心魔，也无法抵达正义的中心。

自由在血液里酿造的蜜，若供体来自私心，那么它无疑是毁掉生命的源头；反之，则是装扮生命的插曲。

你的牵挂来自内心，恐惧也来自内心，而非别人的抛掷，也非别人的愿望。

一切在事物的运转中积聚的能量，都是在永恒中互抱着才找到突破的出口，也暗自在突破中较量着。

在心中扬起的帆，愿沉重的舵能越过热情的波浪，在航行中拥抱所有，鉴赏所有。

智慧在成为自己之前，它不仅要在心灵的战场中战斗和取舍，也要在物质的禁锢中挑战和突破，才能站在生命的制高点，与思想并驾齐驱。

一个心灵指引你，另一个心灵必会扰乱你，两者之间，不能筑起隔离的高墙，也不能放任自流，一切唯有自律。

使天平平衡的并非天平的两端，而是支撑生命全部的中心支柱，人亦是如此。

万物唯有在理性中安息，才能在理性中寂静；万物也唯有在运动中拥抱所有，才能在拥抱中辨别所有。

延伸的热情

在生命的壳里，即使被生活的果核挤轧和压榨，精神的果仁也会从破碎的壳里重生，在阳光下散发芳香。

在冬日的岸边拾贝，倘若你的痛苦不低于足下的河床，欢乐也不高于河面的波浪，那么，你的付出必将把收获的网装满。

自择的杯中，为何不能把果腹的食粮冲洗，却常常把满溢的水浸湿杯身的精神之花？

病躯总在良药的驱散中静守着，精神不也在阳光直抵的地方守候着吗？跨越痛苦的那道坎，一直都在光中炫动。

一个影的叫嚣，总在另一个影中灭亡，因为万物的内在运动中，事物总是呈现在影的背面，影才得以存在。

你在梦中赤足奔跑的魂不也在晨光中苏醒和遗忘了吗？心中没有主宰，又怎能探索白昼的奥秘呢？

光的热情总被现实的冷漠折叠，它多希望呈现你脸上的是另一个延伸的自己，给予你全部的热情。

愿你所了解的知识中，声音能敲击言语的墙，言语也能回应声音的热情，感悟其中的快乐。

但愿你从心灵深处涌出的既是一处能淡化被岁月浸透的涂鸦的源泉，也是一座探寻真理的宝岛。

纵使热情总是升腾着奔向大海，它还是冲刷不了覆盖海底宝藏的泥沙，也取代不了滋养灵魂之花的泥沙。

辨别并不能向你启示什么，在探索的晓光中，未知总是自渡着抵达彼岸的，已知也是如此。

在智慧的阴影里，羽翼从不带着高仿的皮壳在天际里腾飞，也从不带着假慈的躯体在大地上乱窜。

记忆是在年轮的皮里退化的，皮也是从记忆的年轮里萎缩的，唯有流过骨髓的血液见证这一切的发生。

我们不过是海洋中的一滴水，沙漠中的一粒沙，丛山中的一个角，我们被生命包围着，也包围着生命。

炫动的尘埃

你不曾从潜意识中睡去，也不曾从睡梦中醒来，意识跟着时间的影子行走，你也是如此。

若想把梦想的步伐烙在云霄之上，夕阳西下之前，你不仅要借助秋千的力量穿越迷雾，还要借助秋千绳稳固你飘逸的灵魂。

那颗在长空炫动的星辰，你就不要高仰着头窥探其心，再剥其表了，那是万物之源，亦是大地之根，一切始于脚下。

热情是用其心支撑万物滚动的，不然你怎会被远处那瞬间即逝的火星冲撞了心呢？

接住烈日光芒的是一片树叶，抚其成长的是一片土地，在时光的调解中，它们唯有在妥协中互融。

不要被那缕投射于浮渣之上的阳光闪瞎了眼睛，站在人生的彼岸，你应有一颗分辨是非的心。

在风中赶路，总是要携带灵魂前行的，唯有如此才不至于让泪水羁绊脚下的路，让你滑向致命的深渊。

目光所及，唯愿花是从风中旋转而下的，泪也是从风中飘落的，就连脚步也是携带着目光绕过垂直的路线从风中走远的。

在风中感知的一切，早已在心中感知了；在路上走过的一切，也早已在心中走过了；在心中感知的一切，也早已在心中走过了。

影子是从背影的不断行走中拉长自己的，背影却是从声音的歌颂中树立自己的，而影子和声音却从不自知。

若你追寻的心是受在弯曲中坚固着的轨道启发的，那么，你又何惧沉重的行囊拖累你的步伐呢？

被铁笼禁锢的花海，你是不可能触摸了，不妨抬起你双目紧闭的头呼吸它飘溢的芳香。

就让时钟在你的影中敲响生命的歌吧！生命本不始于足下，又怎会作为范本载入书中呢？

在阶梯上攀爬，你是从众多的影中登上巅峰的，在巅峰上坠落，你却是从自己的影中坠到谷底的。

走向时光，若不能在它的中心歌唱，不能在你的心中附和，就坦然地让它爬上额头吧！

镜中的微笑

翻开崭新的一页，就让灵魂搭上历史的车轮奔向远方吧！千万别让它沉浸在冗长的河廊里，从虚无的时光中消失。

千万别在航行的途中窥视承载你生命的欲望之盒，即使那只是一道遮蔽视线的迷烟，也足以令你的航行停滞不前。

明月不会因祈祷永挂长空，却因歌唱映入你心中的屋宇，再长挂你头顶上方。

别在镜中舞动你的身姿了，其实枯叶早已伴随尘埃在你的头顶伸出长爪触摸你的灵魂。

从沙漏的墙里走出来，灵魂再也不能镶入时间的模型里，唯有在孤寂的原野里探索。

夜莺回荡在沙漠上空的歌声虽不能搏击长空，却也让众生赞叹的声音回荡在大地之上。

馈赠不是因为炫耀走进宽阔的屋宇的，施舍也不是因为高贵才在狭窄的门口显摆的。

如果你的影子能照耀别人前行的路，那么，你就不必在影中自怜，当然，也不必在魂中自傲。

若装饰你思想的花边在半路被岁月折断，即使在陈旧的线上重叠，你也要果断连起暴露你光芒的两端。

思想在歌唱之前，总是把灵魂融入高山，把信仰融入海洋，再借助它们的能量去探索心中那扇明亮的窗。

探明事物真相的那盏明灯总是挂在你夜归的反方向，因为迷雾呈现的也不过是倒映的影子。

如果不能把跨越的门槛修筑在时间之上，那么，你就不可能看到在镜中旋转的微笑了。

如果你也曾虚心地挑拨你被黑暗包裹的灯芯，那么你又何愁它不能照亮求知的那片森林呢?

在绯红的天边仰望，就让那从天边飘落的花瓣抚慰你空荡的果腹之碗吧！连着你倒映水中饥渴的肌肤也一并抚慰。

在善的影中，坐立云彩之上的天使的羽翼从未在风中惊扰了众人，就连光芒也从未投射那片隐形的云彩。

地球的边缘

天边，那棵从余晖中独自消失的树苗，不也从黎明的呵护中茁壮成长吗？你为何甘愿让黄昏的图景衬托你的晚景呢？

如果阳光成功地把大地平分几块，众生不过是影中之影的过客，从未接近阳光的中心，也从未远离地球的边缘。

如果惊叫声是划破了天边的黎明才惊醒了自己的灵魂，那么眼睛又何尝不是从黎明中睁开的呢？

如果心灵之钥是从绯红的云霞中寻找到的，当它的光辉映入缝隙，你能循着它的足迹打开那扇大门吗？

挫折犹如一抹被精神压缩的润滑剂，总是横在扯动精神的那根弦上，唯有意志才能卡住它随时关闭的外盖。

愿在你心中滴淌的水花能洁净前进路上的一切尘埃，而非变成一潭欲望之海，使你的探索沉沦其中。

分歧犹如一座能量碰撞的火山盘踞两个灵魂之间，在厌恶中升腾，在欢笑中坠落，在思考中拥抱。

连接世界两端的那封信，愿不要在灵魂中走得太快，也不要在思想中走得太慢，邮差携带二者而穿行。

若节日是在空虚中度过的，声音又何尝不是从所求中发出的，就连萦绕耳际的回音也是从设想中发出的。

盘踞你心中的疲累不过是你劳作的影子，思想才是驾驭影子的主人，它一刻不停地奔跑着。

围困你身体的痛苦不过是你自怜的影子，意志才是驾驭影子的主人，它马不停蹄地反击着。

从心灵涌出的责备若不能止住刺痛的源泉，你又怎能高歌幸福的曲调或在此间舞蹈呢？

如果精神的旗杆上没有烙上独立的标志，那么，竖立在旗杆上的不过是一面左右逢源的旗子罢了。

但愿岁月遗忘在箱子里的那件衣服，别成为挤压愤怒的导火索，让记忆化作一缕随风飘散的青烟。

转换是一抹作用心间的调味剂，使心智不在此岸消失，也不在彼岸疯长，而在血液里融合，从语言里导出。

心中的图景

如果一切行为的所思所想都是一抹火柴点亮的火光，那么，一切举动怀抱着的必定是一幅大地浓缩的图景，在大自然的愿望中燃烧。如果位居你中间位置的是一幅生硬的图景，那么，你唯有在生命的两端努力绘出软化它的标志了。征服者是踏着道路去的，被征服者却是踩着脚印而来。

在灵魂的交换中，创作既不能作为补偿而兑换，成果也不能因兑换而高挂墙上。误解汇集的溪流中不曾有歌声高唱，唯有敏锐的洞察力在沉默中附和着石头的言语罢了。倘若领悟能做到未知的扬在嘴上，已知的埋藏心中，无疑人生便能包含所有了。

如果遗憾是时光烙在纸上的一个圈儿，有什

么能抹去泪水的痕迹，欣赏它斑驳的画作呢？在所思的影中，作为若能超越一切的界限，嘲笑又怎能增加它的重量呢？成功会覆盖它的面积。在情感的内心深处，怜悯是不可能作为孤寂的依托疯狂生长的，快乐也不可能在羡慕的心中独饮。

孤独在掌心捏造的寄托物，唯有与跳动的心接近时，才能享受那份宁静中的甜淡，醉心于心灵的冥思。

岁月在乡愁的心中点燃的那堆篝火，并不能照亮时间拉长的距离，唯有点亮记忆积蓄的能量去寻找它的足迹。

城府不仅居于人的心中，它还居于地球的两端，多少个魂牵梦绕的夜晚，它都透过星辰的冥想去指引人类的言语。

现象不过是事物披着的外衣，唯有登门造访，才能探究它深居府邸的理论和潜心的智慧。

隐私从不在秘密的路上行走，因为一旦袒露的心被唾沫淹没，身心唯有在凹凸的途中歪斜。

心灵的高山

纵使艺术是从某个心间瞬间倾吐的成果，创作也永比研究创作者强，因为言语只给予创作者一个时代，而艺术给予创作的则是全部的时代。

不可否认，天赋是隐匿在灵魂里必不可少的东西，唯有艺术才能鉴别它的能力，而创造则是开启那扇大门的钥匙。

荣誉在天地之间矗立的高架虽能容纳人们想象的高度，却不足以支撑自己跨越的宽度。

在灾难的幻影中沉默，你既不可站在不断前行的队伍前仰望，也不可在队伍的后面呐喊。

禁锢你想象的那支笔并没有时刻悬在你的头顶上方，你为何记不起在黑夜里所描绘的一切呢？

如果莅临你心灵的那座高山不曾在你的脚下耸立，不曾指引你胆怯的灵魂攀爬，你又能拿什么禁锢它生长的速度呢？

在万物的追逐中，模型是万物的中心，于此中生长；万物则是模型的影子，蔓延四处。

在近乎相似的基因表面，都披着迥异的外衣，因为在供养生命的血管中，早已拉近了吸引彼此的磁场。

在精神世界里，自私倾吐的火焰怎能覆盖众生的头颅呢？承蒙生活厚爱，众生都在各自的生活中筑起幸福的堡垒。

有些东西，不在仰望中铭记，便在低头中遗忘，在斟满尘埃酿造的那杯酒中，碰触便包含了所有。

纵使你的羽翼不曾抚触那荒芜的杂草，专注地翱翔在人间的大道上，你能高奏心灵深处那首单纯的恋歌吗？

若了解似一面透明的镜子使你无法躲避，你又何须向生活解释什么呢？就让一切附和着尘埃的炫动而炫动吧！

悬在头颅上的那把利剑，是不会放弃身体在旋转中对周遭伤害的惩罚的，也不会抚慰指尖上那鲜红的伤口。

当距离冲破一切界限设下障碍时，当孤独与亲密的心灵互相胶着时，无疑这是一种近乎灭亡的结局。

在一切游戏的交易中，专注永不能草率地注入那条隐秘的彩线之中，因为这是一条没有砝码的界线。

生命的长河

站立人群中间，若你的发号施令不足以使众生行动，那么，时间也不具有支撑你强大影子的力量。

在梦的转化中，形象是虚无的存在，既不可抚慰记忆的动荡，也不能释放猜疑的压力。

从某个伤口向四周蔓延的物质虽不足以回填它原始的动力，但那随风燃起的火焰不也准备着点燃你炽热的梦中之梦吗？

在丰收的季节里，饥渴也曾与辛劳的步伐相伴而行，也曾在孤独的心间耕耘，唯独没有铸牢那偌大的斗志。

不要怀疑那弱小者高举过头的力量，因为当某种力量倒灌其心，他双手合十的掌心也能握住生命的全部。

在觥筹交错的月色下交换，愿你能在浩瀚的海洋和广袤的森林中找到自我，并把它带回家。

在繁茂苍翠的荫中蔽日，收拢的翅膀既不能聆听你跳动的心，也不能许诺你遥远的未来。

如果你能透过时间的缝隙悟出所洞察的一切，在两片相似的树叶之间，你也能悟出响彻地球两端的那首大地恋歌。

纵使永恒在生命的长河里奏响的歌此起彼伏，它却不曾修复那根扯断的琴弦，更不曾高唱那首间断的歌。

暮色下，谁能装饰你倒映地上的影子的梦？谁能吹拂你心中平静的麦浪？谁又能拾起你坠地的种子？好像唯有大地了。

在声音中行走，就不必用夸张的举动抬高它的音调了，听着大地的回音便可。

如果悬挂你心头的那轮明月早已从无为的光辉中落下，你又何必在漆黑的彼岸望洋兴叹呢？

翻越被精神的迷雾笼罩的那座山峰，你无须踮起脚尖便可触摸天际了。

轮回不过是耸立路边的那座宝塔挣脱记忆的线的禁锢，在未知的世界里形成的新思想，那是一个很小的缺口在死亡中演化的过程。

眼睛并不能拉回从手中偏离轨道的那根线，时间也不能修复因疏忽留下的那道凹凸的坎，唯有精神。

年轮的足迹

你在心间用什么代替了昨日响彻你足下的回声呢？难道是此起彼伏的心跳声吗？

在某个瞬间，当洪水意外地冲击你的话匣子，不妨追随它的步伐，向洪波倾吐你的心声，指引你的未来之路。

挑战从不把利剑悬在灵魂之上，在不明方向时，它指引灵魂；在不知所措时，它安抚灵魂，它所挑战的是它伸缩自如的壳。

如果沉默能冲淡岁月在年轮之树上烙下的痕迹，我们又何尝不能坐在童年之地仰望远景呢？

隐藏在生活大门之后的秘密早已在尘埃的炫动中暴露了，那是死神光临你的府第时必经的缝隙。

浸泡你肌肤的并不是来自眼角的敏感之液，

而是你脆弱的神经在沉默中膨胀导致的结果。

困惑在你杯中释放的能量虽不及泡腾片那般激烈，于平静中它却令人甘之如饴，欲罢不能。

影子从不在任何足下逃离，众生却在影中走远，与它相伴，从不触摸；与它相惜，从不过问。

别让在饥饿时吞食的发胀的面包阻塞生命的咽喉，也别让干裂的面包划伤了它，你的咀嚼应在细流的源泉中进行，生命也是如此。

意象是创作的产物，是灵感的依托，是万物的影子，但它只追寻意境的脚步，从不在躯体中生长。

当你摘取那甘甜的果实慰藉饥渴的心灵时，你的心是否在血液中搏动，在肉中生长？反正果树在收获硕果前，它的嫁接便是如此。

那个一直追随你、指引你、开导你的自我，并没有因你的放弃而离去，植入思想的根早已融入灵魂的血液里。

在不断放大的斗争阴影中，面积从不独自站在它们的对面，因为那是生之较量、死之灭亡的场面，谁甘愿被笼罩呢？

如果你在漆黑的夜里，从窗内腾出的意志也能吸引光的关注，从窗外射进的光线又何尝不能引你走向未来呢？

如果你的思辨能在沉默中进行，在你紧闭双目的瞬间，心不仅为你打开那扇对话的窗，还为你打开那道通往冥思巅峰的大门。

生命的总和

不要在被浓雾笼罩的那道世纪大门的洞口仰望，也不要在阴森的洞中追寻，以免你的疑惑被阴影笼罩太久而迷路。

如果你清醒时的梦和熟睡时的梦能平衡地挂在生活的两端，不难想象你被迷烟遮蔽的双眼是无法看到人生浪花的。

畅饮美酒的心灵，只想在恋人的眼中妩媚，魂中舞蹈，怎料被炽热的大火连同酒杯一同烧尽。

你该拿什么去填充大脑遗留的空白呢？那可不是勤劳之花能轻易装饰的地方啊！

装饰你另一部分生命的总和，总是被你遗忘着远行，在追赶的行程中，它总是突破你的智慧之限，附和你幸福的样子。

但愿包裹你、温暖你身躯的是灵魂裁剪的一件隐形的外衣，要不人间花枝招展的剪裁怎会突出你的与众不同呢？

但愿启示你、武装你大脑的是灵魂设计的一个包装思想的盒，要不世间千篇一律的言语怎会突出你的独树一帜呢？

但愿鞭策你、指引你步伐的是灵魂描绘的一条跨越邪恶的大道，要不世间不计其数的羊肠小道怎会突出你的独一无二呢？

但愿减轻你、抚慰你疼痛的是灵魂从心灵之泉酿出的一方良剂，要不人间的手指怎能捂住从心间奔涌如注的伤口呢？

但愿嘲讽你、非议你精神的是灵魂从大地上轻指弹起的尘埃，要不高空的烈日怎会挑动炫动的尘埃来陪衬你的影子呢？

但愿抬高你、吹捧你身价的是灵魂从幻想的高度搭乘的一驾马车，要不历史高筑的前进车轮怎会让它偌大的座位落空呢？

但愿禁锢你、约束你自由的是灵魂从转动的宴桌旁惊现发呆的你，要不人间的美味佳肴释放的芳香怎会放过你的味蕾呢？

但愿挑战你、战胜你成果的是灵魂同时间的沙漏奔跑的你，要不世间的头颅怎会逃过黄沙的淹埋而放过你呢？

但愿剥夺你、打压你权力的是灵魂从歪斜的身影中发现的瑕疵的你，要不被欲望操纵的你怎会撑住来自午夜的心灵拷问呢？

但愿鄙视你、厌恶你行为的是灵魂从明镜的窥探中发现的另一个你，要不烈日怎会把你被折叠的身影投放大地上呢？

交替的两端

烙入骨髓里的记忆，当血液被岁月之光吞噬得残留待尽时，它仍顽强地喘息着、微笑着，就连身体也因它而颤抖。

并不是所有在大地行走的生命都会邀游其心，就像争聚镁光灯下的众生，择人而射，因人而舞。

当某种心态占据你的灵魂，当你用言语诉说躯体感到的痛苦时，无疑你的灵魂会因此释放，因此起舞。

如果众生都能在各自搏动的胸膛里顶礼膜拜，谁又能轻易抹去他们在追逐善的大道上留下的足迹呢?

倘若你用生命收藏的东西是从复制的模板上完成的，那么，你就不必携着它前行，它既不懂心灵的言语，也不知生命的归途。

如果你未曾修筑那丰收的果园之墙，却心安理得地穿梭其中分享它的果实，那扑鼻的香味能否浸润你厚重的心呢？

在终结的末端，唯有突破那禁锢的茧，从喘息的躯体上嫁接的枝干才会在来年的绿荫中护住那向上生长的发端。

如果未知是从感官的间缝里触碰到的敏感神经，那么，已知或许是在味蕾的消化中塑造它的雕像。

在你既定的那条道路上，如果思想察觉不到时光萦绕在躯体周围逐渐微弱的喘息，那么，你所触碰的一切不过是一个接近黄昏的时代罢了。

你所掩盖的一切，正是弥漫着你的一切，在痛苦与欢乐的交替中，秘密早已在浮夸的状态中突破了一切。

在生命筑起的拱桥上行走，有什么能阻碍你前行呢？月光顾及不到的地方，浪花不也时刻拍打着它的堤岸吗？

纵使在众生迷茫的心间徘徊，你也不能唤醒什么或兑换什么，因为即使那盏被挑高的灯芯再高，因兴趣而四处蔓延的山峰却是它的火焰不能眺望的远方。

如果矗立大厅中央的那根柱子是你精神的支柱，色彩描绘的图案是你智慧的宴席，那么，在盛满食粮的碗里，你该怎么识辨它们呢？

在炽热的日光中，色彩和线条编织的图腾是否在你的头颅中争夺地盘呢？目光之外，愿你的探索能安心落意。

附和着明镜晃荡的尘埃，是否在恋人漫步的路上染白了双鬓？抑或在某个转弯处捉弄了命运？

沉默的微笑

生命在完善自己的过程中，总是将回忆无限拉长或放大，以便清除生活沉淀的瑕疵，命运却与之相反。

你烙入脑海中的信条，从不在道路的尽头装订，因为人生这本厚重的字典，从不在路上总结。

跟随言语跳动的指尖，恰似思想掌控的某根线，同时扯动着心灵与肢体的神经，也协调着它们的动作。

于紊乱的神态里彼此互拥的两颗心灵，无疑在苦涩酿造的那杯酒里，沉默只能微笑着哀叹。

生命铸就的模型从未放弃在烈焰中修复或完善自己，要不被面纱遮蔽半张面孔的心声怎能诉说完整的生命历程呢?

云彩用蓝图编织的箩筐，既不可承载生命的重量，也不可搭载梦想的羽翼起航，唯有加重生命的色彩。

一切着重描摹生活的色彩而放任它的阴影无限延长的人，生命终将被其吞噬。

一切放任内心泛滥而不加以修饰和克制的人，目标终将被其吞没。

死海是一切生命的载体和依托，在意识高筑的屏障上，从荒漠之底穿透的呐喊声，一切隐蔽其中的都在探寻自己的思想之音。

收获从不向明日之花许诺什么，更不曾将之插在收获的斗上，是谁把耕耘高举过幻想的头呢？

在辽阔的平原中心，养育这参天大树的又何曾不是边缘的角料呢？在炊烟升起的地方，那便是置换生命的总和。

纵使你用剑昼夜不停地雕刻着内心深处的盒子，它也容不下那支书写你生命长度和描绘思想深度的毛笔。

包裹灵魂的外衣若不曾被墨水浸染，在大风刮起的瞬间，它能拿什么去制服狂妄的力量呢？又能拿什么填充距离掀起的缝隙呢？

谁能抵制被抽屉禁锢的欲望的引诱呢？谁又能徒手撬开那把监督一切的心锁呢？众生都在可望而不可即的尘埃中煎熬着。

如果幸福只在安全的中心生长并不断攀爬，当岁月爬上峰顶，它能在日落之前抓住什么呢？

指尖的跳动

在互相扶持的影中，执拗从恍惚的裂口上强行扯下的那块面纱是能填充意志的缺口的，意志则不能。

在互相接近的魂中，万物都是从手指较量的中心找到新奇的突破口，再从悟性的胸口开出奇异的花朵的。

唯愿从笔尖浇灌出的花朵都是来自言语的嘱托，即使不能与思想契合，也足以令你的心间像蜜一样甜。

随感觉蠢蠢欲动的表情既不能聆听心的跳动，也不能掩饰欲望的索取，夹在中间的生命该如何抉择呢？

我们是不能裹挟那颗在岁月中停留的心前行

的，这既超出意志的高度，也超出生命的长度。

心从不在随风飘荡的花海里徘徊，因为它站立生命面前，总要想象早已在浩瀚的星辰背面绘出的样子。

在前行的路上，饥渴的生命往往是蘸着荆棘的苦汁果腹的，被蜜罐尘封的掌心中，却挤不出它触摸生命的一隅。

花蕊不曾把蜜蜂吸引，蜂群却在此间壮大，就连我们也是从汲取它所蕴藏的养分和力量中不断壮大的。

朋友，你从愿望之窗所洞察的一切，既不能覆盖想象的高度，也不能袒露羽翼的宽度，这只是一扇被黄昏挡住的微弱之窗而已。

愿那盏被欲望捆绑的珠穆朗玛的明日之灯，能在明智中抉择所需前行，在最适的距离仰望太阳的方向。

站在道路的站牌前等候，即使记忆能闪过终点的模样，我们还是争先恐后地踏上了这趟能拉长影子的列车。

如果明日之灯是随生命的韧带拔长的，它不仅能照耀你在年华上跳动的脉搏，还能减轻你被年龄的砝码积压的痛苦。

当意志强大到足以搅动你映入水中的影子时，你又何惧萦绕脑边的幻影从指间滑落或桎梏呢？

静躺生命的壳里，谁又愿意冲破翅膀的包围呢？于是在那条循环往复四季的道路上，我们又能拉近或远离什么呢？

种子的突破

当子夜的钟声响遍大地，当星辰在浩瀚的烟波中亲吻你的屋宇，你能用什么回报它远超生命的智慧之光呢？

朋友，在前行的旅途中，如果有某种声音在你的灵魂之窗前呼唤你，请跟随它，那里有真理映入你的梦中显现的全部景象。

若智慧是在责难中得到成长和延伸的，那么种子又何尝不是突破专制的封口才得以发芽的呢？

生命在光中所重叠交织的影子，并不以光的模式而闪现，而是以意志为依托。

微风从万物的缝隙中路过，它却从不因窥探而停留，我们也从万物的心中路过，我们却因收获而言语。

装扮你屋宇的那束花，不曾在你的心里盛开，也不曾在你的手上凋零，它只是在借着灯光的愿望遐想罢了。

在蜕变的历程中，谁若能在狭窄的血管里洗净这满身的污垢，谁便能目睹这从血液的碰撞中擦出的火花。

从你生活的台阶上腾起的那团浓烟，即使熬过了寒冬的冰封，也不会轻易地在你挥舞的袖间下降了。

游荡在意识与身体之间的梦幻，要是能指引两者挣脱这郁闷苦恼的迷雾的笼罩，在与大地阴影的对抗中合二为一，那该多好啊！

在编织体温运行的那件外衣中，若爱好只站在索求的影中，那无疑会变成一根套住行程的锁链。

在权力的教唆下，陷阱在大地上撒下的那些网为何在风中颤抖呢？难道脱离正轨的引力，一切都将化作虚无吗？

如果远行的行囊里装有故乡的心跳，即使在孤独的夜晚独自啜饮，也会有炽热的心冲淡泪水的盐味。

在演变的过程中，嘴唇与心跳永远在为你脚下那条平坦的大道坚守着，它们为了供养在此间通过的一切而统一着频率和方向。

朋友，你是否因品尝花间酿造的蜜感到苦涩而困惑？当岁月褪去华丽的外衣，那本就是荆棘酝酿的根呀！

你从郁闷的伤口里绽放的那朵鲜花，为何在梦中抹去了记忆的一切呢？难道生命没有帆的指引能独自远航吗？

口袋的伤疤

如果心在寂静的祈祷中能挣脱错综复杂的藤的束缚，你又何惧不能从那条荒野小道上直抵高峰呢？

成熟蕴藏在岁月中段的那条线，一旦生命触碰到它的棱角，它既能显现白日映照的光芒，也能奏出黑夜弹唱的歌。

饥渴跌落进播种花籽的盆里，那根竖立的木棒能否代替生命的供养和唤醒视觉所需的活力呢？

灵与肉的较量，若搅扰你神经的那根刺不是来自疾病的容器，天性的两端又怎会失去平衡呢？

一切脱离本质的改造和创意，即使像覆盖宁静的浪花那样激起浪潮，时间也会亲手剥去伪装的壳。

不要去询问拾荒者的口袋里装些什么，更不要去窥视他隐匿伤疤之下的秘密，岁月自会证明一切。

灵魂在孤寂的壳里徒手刨出的偌大的坑，又怎会容下独行千里的心呢？沉默的生命自会知晓一切。

朋友，不要惊奇瞬间侵占你欲望之杯的佳酿平复了你狂躁不安的心跳，那原本就是影子被匡正的样子。

照亮万物根源的那盏灯是否矗立它们的中间，抚摸两者的心跳，辨析两者的争论呢？

曾几何时，我也曾像荡漾迷雾中生死瞬间的尘埃那样垂死挣扎，可喜的是，点燃这星星之火的，我并非第一人，也不是最后一人。

如果你的屋宇是用填充你精神食粮的糟糠建造的，那么它的棱角无疑就是你的生命高度了。

如果你的屋宇是用解决你肚子饥饿的果核打造的，那么它的胸膛也无疑是你生命的全部了。

孤独既是忧伤的产物，也是治疗忧伤的药品，在撕裂或缝合伤口的瞬间，一切便都显露出来。

其实，你被荆棘扎伤的指尖的疼痛是以鲜血流淌的倍数在减少的，要不你怎会慌于止血而按压你的伤口呢？

如果剖析你病因的工具是一把考验你意志的刀，那么你不如袒露缔造一切的强者。

旋转的光芒

朋友，有时你无须仰望黎明卫冕你头顶上方的那顶桂冠，那或许只是一堆灰烬堆砌而成的圈儿。

工艺的名声是从遗迹的旋转架上不断旋转才得以名扬天下的，遗迹却在旋转中不断缩小。

与其追寻你因打盹而被盗走的身外之物，不如拾起你在心中因遗忘而落下的东西。

愿你在追逐的路上，被狂浪颠覆的心间，既能点亮异乡的篝火，也能浇灭故乡的欲望。

心与智的较量，除了距离覆盖的阴影，两者皆不能平分这从魂中涌出的光芒。

孩童在指责与谅解之间种下的那棵和平之树，虽不能丰满腾飞的羽翼，却也能助其纳凉。

创造既是一个扰乱内心的开端，也是一个缝合内心的过程，两者皆是结果的混合物。

当你期许苦汁渗入斟有蜂蜜的杯中能变成更多的蜂蜜时，那便是生活变坏的开始。

提炼从不以自转的中心为入口，而是以生活的圆周为标记，再寻找与思想符合的契合点。

当灵魂的一半甘愿成为孤独的载体时，它或许能隐约地感觉到它的另一半也能成为伟大的载体。

世间所有被裹挟的一切既不会远离边缘，也不会靠近中心，因为被果实压弯的枝干，既是一种重负，也是一种收获。

当你的手指未经生活的洗礼便去触摸你的灵魂时，手指又怎会拾起你从指间滑落的东西呢?

你因装饰而贴在衣服上的那幅图画，若不从生活的中心向四面铺开，你又怎能体会与其重逢的喜悦呢?

界线散开的网虽广，却也只能捕获正面的东西，生活不也如此吗？要不它怎不向未知揭示些什么呢?

如果戒心使你的情绪自由释放的同时，又惦记着你蠕动的咽喉，你该拿哪只象征审判的手指引它呢?

落空的浮渣

秘密在心中缝制的那块纱布是不会围绕身体转动的，能弥补被偷窥灼伤的伤口便好。

你的心是否因琐事过滤的浮渣而悬空，以至于不知倾向哪一方？或许那是一条你单纯向往而不屑于选择的大道。

宁静从不离开它用生命守护的那片土地的中心，你若没有携带吸引那片感应的磁场，你能收获什么呢？

即使你热爱着的是一个完整的博爱的发光体，你的心所膜拜的方向，它的孤独也寻求不了任何安慰。

如果你的饥饿之饼是从智慧的模板里压榨出

来的，那么，你就不必期待它兑换的血液能够使你枯竭的模板转动了。

众生都是在彼此的影中交谈的，有什么能比行走在繁星的行列中并找到与之璀璨的星光更神圣呢？

如果束缚你自由的囚笼是由陌生的零碎的片段打造的，那么你何不用合二为一的力量去冲破它呢？

出发之前，言语是身体的跟随者；出发之后，言语是身体的主导者，思想是两者接触的耳目。

在你欲火燃烧的心房中，额头因与你的双臂接触而沉默，嘴唇因知晓热血的一切而颤抖。

你游荡在山谷之间的遐想是否在寻觅一朵能抚慰你出窍的灵魂之花呢？试着重踏被遗忘的脚印吧！

思念在信纸背面留下的字迹不仅是生命的跨越，也是血脉在生命里得以尊重和延伸的长度。

若非喜欢关闭了那扇心灵之窗，又有谁能使你的精神之花在窗前枯萎？又有谁能扼住你充沛的仰慕之心？

台阶既是生命的升华，也是生命的终结，有的人是从台阶上踏上巅峰的，而有的人是从台阶上跌下谷底的。

窟窿从不在众生前行的大道上挖出自己的影子，它既撑不住生命的重量，也容不下生命的高度。

当自由变成一把禁锢你行动的门锁，与其用愤怒的烈火焚烧，不如用彻骨的冰雪消融。

意愿的抉择

那堆被众人架高的火焰，即使不是时代的火焰，却也在人们的心中燃烧，灰烬与大地同在，与江河同流。

你是否为了寻找而在来回的踱步中抖动着，那异乎寻常的举动无疑是要与万物共存亡啊！

即使你从孩童的纯洁心灵的缝隙掺下了些许杂质，你也无法阻挡他被黑暗拉长的影子成为一道黎明的曙光。

你未被长发遮蔽的眼睛和耳朵，既是你生命的一半，也是你欲望的一半。

我们被欲望之牢拱手戴上的那副镣铐，我们既是缔造者，也是受害者，唯有集两者的力量将它斩碎了。

朋友，你千万别因言行的牵扯而否定了决定你意愿的心智，毕竟在你的决策中，言行是无须担责的。

若能踏上那遥远的旷野，你能在杂乱无章的草丛中捕捉那与生俱来的炫动的尘埃吗？

被争执取代的黑夜与被黑夜淹没的生活，背后都隐藏了一个彼此跨越、彼此纠缠的影子。

在某个被标注丈量的大道上，生命虽不能随道路的延长而延长，可它却能在道路的某个转弯处超载它。

当某种关爱被利益编织成网，谁又能解开饥馑者与饱腹者亲手打下的结呢？

但愿你用蜜糖替换空气的那瓶蜜罐，既能使你游荡舌尖上的味蕾辨出生活的味道，也能使你融入思想的尘埃里自由呼吸。

站在自己没有亲手雕琢堆砌的屋宇上炫耀，就好比手焐一颗苍白的心，连影子也毫无生趣。

每颗自勉的灵魂都仿如悬挂树叶背后的水滴，垂下能浇灌其心，挥发亦能远播其心。

愿你用生命修筑的那堵围墙，求知是已知的扩影，无知是已知的缩影，生命便能安于其中了。

你在完美的一角留下的缺憾，是否连倒映梦中的影子也无法弥补它的过失而加倍煎熬着呢？

是谁在挤压你从灵与肉的一角腾出的空间呢？除了借助那把开启智慧之钥的力量外，他还能注入什么呢？

灵感的源头

心灵所能洞察的一切，正是从心灵逃走的一切，那既是修补生命的一切，也是缔造生命的一切。

但愿能使你思维偏离正轨的是围困生命之外的东西，它既以生命的中心为引力而转动，生命也以它的转动为磁场而突破。

生命既不能以感官所捕获的表情来诠释它的情感，也不能以行为所抉择的乐趣来解析它的意义。

你因抓不住而想方设法追随的那团云雾，若不能与你的灵魂碰撞，它又能赋予你什么呢？

只要那些荡漾在你周围的此起彼伏的浪花能拍醒你沉寂在梦中的幻影，那么，这便是拥有一切的开始。

你因喜好而高筑的那道壁垒为何不能阻拦溪流所奏的那首心灵之歌呢？难道那是从生命之源涌出的吗？

艺术从不为掺杂它合二为一的灵魂之中的雾霾感到惊讶，这既是治疗孤独的膏药，也是刺激灵感的源头。

创作既在它喷涌的日夜之中打发日子，也在它的饥渴之中描绘生活，这无疑是一个满足精神的画饼。

别高估那先于季节成熟的果实的价值，也别贬低那后于季节绽放的花朵的意义，这本是季节赋予淡然的内涵。

但愿你在掌心偷偷印下的那把心灵之钥的印迹，能在时间的复制架上打造那把开启心灵之旅的钥匙的模型。

哲理是从彷徨的雾霾之影中升腾的隐形力量，一种既能接近灵魂的言语，又能传达言语行为的力量。

垂钓者在未知的湖边等待，敏锐的指间所能触摸的不过是呼吸混合着水面，不经意间搅动着那根钓竿的希望罢了。

智慧虽与生命为伍，却从不沿着它的方向行走，当生命在某个转弯处静默或彷徨时，那便是它显现的全部。

你的秉性是否因灵魂与肉体之间的抖动而拓宽了自己的领域呢？那或许是阳光为了拯救黑暗挤出的一道裂缝。

时光在目标的中间折叠的那道痕迹，既是希望突破力量的禁锢，也将生命一分为二。

力量的禁锢

如果你的心灵之手搭建的那座精神高塔不在万物的浓荫之下生长，它那满溢的一切又能赠予你什么呢？

若你笔尖挥舞的力量能直抵心中蕴藏的那座火山的高度，世间又有什么能封住你的灵感之泉呢？

如果你能捂住肉体深处绽露的伤口处继续高唱那首生命的赞歌，无疑疼痛涌出的汗滴也能浇灭你的怒火了。

如果痛苦赠予你的那双言语的翅膀能凌驾于一切悟性的高度之上，那么，你就在沉默中畅所欲言吧！

为何你要耗尽全力去扯动那根被神经剥离在角落的芒刺呢？只因它的根系被顽石压住，使你动弹不得吗？

其实，那个被流星抬高的声音是众多星星碰撞的结果，纵然灿烂，也不过延续了瞬间的精彩。

若回忆是一颗被子夜包裹着拂晓的种子那该多好啊！因为那朵从佛光中绽放的花朵既能抚慰你游荡天边的灵魂，也能抹去你流向海角的泪滴。

荒芜或许是阳光从你离开大地的间隙透进的那缕光，拉长了你的身影，却不曾照亮你前行的道路。

那根因大雪的倾轧而弯腰亲吻大地的枯枝是幸福的，若没有找到灵魂的伴侣，谁又能强迫它的意志呢？

那束因凝聚而闪烁的光本想包围这炫动的一切，奈何这一切都在因闪烁而耗尽的热量中消失。

唯愿那条流淌在思想与灵感之间的河流，既不会因思想而满溢，也不会因灵感而干涸，一切随生命而涌动。

倘若凌驾于众生头顶之上的阶梯是公平和正义堆砌而成的产物，那么，众生又何尝不能沿此攀爬摘取真理之果呢？

你的幻想留下的痕迹是否在黑夜纠缠着那颗在天边闪烁的星星而使你无法入眠呢？可是你用惰性打造的那扇窗又能给你什么启示呢？

你那双使胸脯剧烈起伏的冰手，是否背叛了大脑的指示，却执意在渺小当中寻找一个胜利的突破口？

愿你的双臂合拢之力能箍住覆盖一切的圆形之盖吧！那既是你的自由之盖，也是你的藏身之盖啊！

跳动的心脏

倘若你的饥饿之碗能容下你匮乏的精神之躯，你又何须费力地去转动那偌大的餐桌呢？

能映出万物伟岸的往往是那面躲藏其身后的大地之镜，而非身前那面冗长岁月的年轮之镜。

不要轻易地去揣测立于你对面的一切事物，因为它既是一个强大的缩影，也是一颗系在合围之绳上的跳动的心脏。

在浩瀚的天际中，若你能在半掩的门缝间系上一颗滚烫的心，也能给敞开的心扉系上一条自由的锁链，那么，你的热情必将照亮大地。

如果源自众生内心的祈祷能化作无数的丝带，既能禁锢邪恶的力量，也能激活善良的活力，又何尝不能与法律并驾齐驱呢？

你所膜拜的被时间高挂墙上的往往是使灵魂痛苦的一部分，欢乐的另一部分却被你踩在脚下。

纵使有无数的眼睛注视着你往返的路程，无数的耳朵聆听着你的声音，你也无须激动而抖动着悬挂你沉思外壁的指纹。

众生烙在大地上的脚印都是万能的附体，两端连着梦幻与现实，于梦幻中旋转，于现实中停止。

如果延伸来自一颗心脏的跳动，从受它主宰的肢体动作上不能提炼一滴浇灌源泉之根的汗滴，一切又有何用呢？

那道昼夜不停地在富贵面前旋转的大门虽是时光的中转站，却从不指引众生爬向辉煌的阶梯，也不暗示坠向深渊的通道。

为何你用心在指尖折叠的那张在手心发出弹而有力的响声的纸片不能吸引你的心呢？难道它与你的身体一样皆属躯壳吗？

被风吹变了色的时光隧道若不能直抵你的心坎，你又怎能紧握手中的画笔给它镀上一件鲜艳的外衣呢？

其实那粒在大千世界中进入你足底并被你裹足前行的沙早已为你指引了一切，只是未在嘈杂中唤醒你的知觉，而你不自知罢了。

命运在所有凝滞的心间拔起的力量总是惊人的，既能在时间的废墟上覆盖幻想的阴影，也能给吊板的神功聊以慰藉。

在人潮拥挤的地方，或许一个瞬息即逝的机会便是捕捉一切痛苦表情的镜头，一切万能止痛的外衣。

弹跳的水滴

一切随着光明消失的力量都在寻找那块蓄势待发的地方，直至大限降临前也仍倔强地不让对面的能量焐热。

曾几何时，你发现荡漾在空枝上的水滴，不仅扰乱了天空的步伐，也影响了大地的热情，是心被夕阳晕染的时候吗？

愿从你的舌尖弹跳到脚尖的怒火是原野的某根干草点燃的，而非你玩弄干草的掌心。

当那面高贵的画墙背弃你来自内心的影子的表述时，你不如痛快地用荡漾于远方的余温为它蒙上一层面纱。

艰难在拥挤中所怀抱的一切，不仅包含了回忆的过去，也涵盖了遐想的未来，殊不知这是一条引人沉思且狭窄的路途。

如果饥饿在丰盛的筵席上吸收的养分不足以慰藉你的灵魂，那么，你所拥有的也不过是永远流浪在心思周围的幻影。

愿你拥抱着入睡的是那道瞬间能使你豁然开朗的心境之门，而非那把能锁住愁云的钥匙。

万物皆是宇宙的一分子，那个嵌入画像的笑容或辉煌，不过是用业绩覆盖苦难的结果，那是一道企图掩盖的门。

若你为自由与束缚划定的那条分界线，是随感觉与心情的波动而划的，那么，你必定是一只被双重标准囚禁在笼中之笼的鸟儿。

沿着自卑的中心分叉的善与恶，虽不能在渐行渐远的路上约束彼此，却足以在终点竖立一块警示后人的丰碑。

若你不忍把限制你目光的美丽面纱扯下，你是无法从别人的有色之镜中获知自己的形象的。

沙与水的较量是合并着壮大，分散着前行的，我们的思想也是这样，不这样我们怎能攀越那座泥沙之巅呢?

朋友，如果某种令你精神振奋的元素刺激着你，请你不必因收获而兴奋，也不必因失去而哀叹，你的情感应介于两者之间。

朋友，你大可不必因黑暗即将来临而过早地把那扇嵌入光明的心灵之窗关闭，那本应属于你，别人又能窃取什么呢?

有些时候，袒露于饥饿与饱腹之间的秘密是无法解决两者之间的需求的，唯有自救。

掌心的全部

愿你好奇的舌头别被火中取栗的温度烫伤，依附那双敏捷的双手，你能修复与那颗高尚的灵魂碰撞的伤口吗？

若不能携带炽热的心跳动，举着自恃过头的那张惟妙惟肖的肖像狂欢又有何用呢？

朋友，你是否因炽热的心赋予你如此平淡无奇的生活而沮丧不已？它给予别人的可是你生命的全部啊！

别轻易过度地去咀嚼任何企图攻入你口中的苦味，那既是生活的囹圄，也是生命的赐予。

生活原本不像纸上的那条线因反复描绘而加宽的，是谁固执地停不下手，活生生地拉长了它的身影呢？

纵使影子被幻想的烈火包围，你也要勇敢地高举那双接近思源的手，让它从朦胧的声音中清醒。

愿你献出的不是手中的一切，而是心中的一切，因为心中袒露的一隅，便是掌心紧握的全部。

朋友，你为何用那折断的枝丫遮蔽那偌大的洞口呢？难道这偌小的间隙能隐藏深沉的奥秘吗？

是的，你的盘中总能滤过鲜果的那道光，可那偌大的树根为了不负浓荫的梦，甘愿把自己扎入大地啊！

朋友，别轻易抹去因大喜或大悲而悬挂在眼角的泪珠，或许它的温度能焐热那盆在寒风中垂死挣扎的明日之花。

别用手中的那束花去展示任何美了，因为花蕊的愿望既不便向你揭示什么，花瓣的间隙也不向你倾吐秘密的心声。

倘若忙碌的影子即使匍匐在大地上也不曾使你快乐，那么，你就别在人前炫耀那满载的果实了。

那几颗在灯光的笼罩下，被你的掌心来回摆动而发出响声的珠子，虽不便向你启示什么，却也在它的魂中创造着快乐。

当痛苦企图浸过掩盖它的面纱来释放过程时，那便是一幅扣人心弦的画作。

任何通过视觉或嗅觉增加对感官的认知都是虚幻的，那不过是探索者因饥饿而烙在大地上的面饼罢了。

梦幻的重叠

当某种意识使你的精神满溢时，某种心思必使你的思想空虚。

谁能差使那颗被灵魂一分为二的心呢？好像唯有灵魂了。

瞧，戴在时间头上的那顶桂冠不也在风的枝头上嘎嘎作响吗？想必是尘埃向岁月做最后的离别发出的不舍吧！

觥筹交错的影子所挑动的一切，若不能跟随思想的步伐前行，必将被奢华的生活之杯碰碎。

无论你怎么寻觅或敲击，那扇寂静之门都横亘在那里，既不启示你寻觅的奥秘，也不回应你敲击的声音。

行人并非借助浩瀚的星辰远行，而是借助那盏在风中努力摇曳的灯光远行。

或许阻止你跨越的是你紧握手中左右摇摆的绳，可决定命运高度的不也是你敲击大地的双脚吗？

谁会在意你因情绪波动而抖动的手呢？唯有从那指缝间塞进与掌心相符的事物慰藉心灵罢了。

回音在你心房荡起的淤泥不过是幻影与想象在梦中交织重叠的影子，既不在生活中升华，也不在气候中变化。

谁会靠近你沉浸在孤独中的画室呢？若非听到心的跳动，谁会为那虚幻的见解驻足停留呢？

脚与心总是有差距的，为了不错过彼此的喜好，它们虽在同一条路上行走，却不曾在同一个地方停留。

如果释放声音分贝的是一颗被孤寂包裹的心，那么，它极有可能是在不甘的状态下压榨自己的。

生命从不向你启示什么，脚步在大道上腾起的尘埃也非思想的见解，那只是感觉烙下的痕迹罢了。

有些时候，命运赋予生命的见解不过是在寒冬里渐渐枯掉的一根花枝，而生命赋予命运的却是含苞待放的花骨朵。

从你的皮肤上裂开的那道伤口，它的鲜血和疼痛是不会入侵你的灵魂的，你也就不必捂着它挣扎不止了。

颠倒的裂痕

每一粒从生命之火上蹿出的尘埃虽不伴着它的心跳共生，却足以在某个瞬间温暖你僵硬的双手。

朋友，就别无视那颠倒的花洒耗尽的最后一滴水滴了，就连那向上的枯枝也在弯腰企图把它扶正呀！

某些时候，能够支撑生命高度的并非生命本身，而是隔离生命与大地接触的那根蜿蜒盘旋的细细的线，既能包围所有，也在包围中消失。

是谁提前敲响了你悬挂宿命之上的那个钟呢？但愿那随力量远扬的余音能释放你被禁锢的心灵，或者唤醒在风中摇曳的灵魂吧！

若幻觉为你提供的是一条在山间畅通无阻的大道，当黎明的破晓从天边升起时，谁又能保证你不被悬挂在头顶的那块被暖阳焐热而融化的冰砸中而清醒呢？

千万别在大道上随意地摇摆着你那颗被灿烂的光包裹着的心，以防它被路边的刺扎痛。

使命从不奔跑在生命的前面，但它从不放弃在黑暗之中默默地寻找绽放在生命头顶上的那缕光。

或许你是沿着天地之间的缝隙进入人生轨迹的，但你别轻易地选择方向，因为在等长的中途，起点亦是终点，终点也是起点。

那道划在指尖的伤口，是被时间修复的呢，还是随元气恢复的？但无论如何，它的裂痕都只能被修复一部分。

如果沉默在沉默中回答的只是生命的一部分，那它在启示中回答的必将是生命的全部。

颜色所能掩盖的思想的缝隙的大小，既不能由思想决定，也不能由颜色决定，而是由缝隙决定。

在已逝的影中，或许是脚印没有烙在时间的中心才令其如此惨淡的吧！但愿在未来的光中，两者皆能居正其中。

在泄了气的迷宫里寻觅，若不能借助身体之外的力量做支撑，安于身体之内的灵魂又怎能找到方向呢？

你是不可能寻回某种随漩涡转向虚无的东西了，唯有在消亡之前袒露自己。

当某种混迹于嘈杂之中的声音荡漾在你的文思之泉上，并使其溢出时，你就敞开胸怀任其溢出吧！

搏动的血脉

某些东西在逃脱之前并不会引诱你什么，那不过是沿着地平线升起的一束透过你玻璃窗的晨光。

不可否认，你珍藏于心的礼物总是高于你的生命，但它却不能流入搏动的血脉，以至于让你在咀嚼中遗忘，在遗忘中咀嚼。

若你的心能一直位居于你的生命中心，即使外界百般干扰，它也不会随欲望的膨胀而扩张，也不会随内心的卑微而缩小。

究竟是什么力量使你毅然地放弃支撑你身体前行的拐杖呢？难道是偏执的秉性携着探索的灵魂前行的结果吗？

是什么使你无声地走在大道上？或许是人群淹没了你的脚步声，导致炽热的心跳对此一无所知的结果吧！

痛苦不曾使你分离，它只是无心地在某个岔路口停留片刻，你就自以为它侵占了快乐的面积而铭记于心。

当思绪总是打断你低垂打盹的头颅时，不如在断片的时刻记住它，跟随它，直至在某个尽头一同消失。

倘若你的优点是由映入你眼帘的瑕疵弥补的，那么随时间的隧道一同前往的光必将携同生命一同远行。

倘若你的热情是由跃然纸上的篝火引燃的，那么，在消失或扩大的瞬间，灰烬是否能勾勒出生命的棱角呢？

倘若你的高度是由足下的那双鞋支撑的，那么，在前行的旅途中增加魅力的光彩必将在生命的历练下起疱化脓。

倘若你的抉择是由风的磁场指引的，那么，当风分离躯体与外衣的瞬间，温度是不会随着心跳的起伏而升高的。

倘若你的归宿是由路途的长度丈量的，那么，当变幻莫测的气候袭击时，生命是不足以洞见它被尘埃包裹时的模样的。

倘若你的目光是由掌上所抛的事物的路线决定的，那么，这或许是心跳搏动的高度，但绝非生命的归途。

倘若你的能量总是溢出浓缩你思想的那支笔芯，那么，你不妨在生命的另一端忘我书写，模糊的印记是不足以掩盖所有的。

倘若你的希望能隐匿地穿越那条汹涌的暗流，那么，你就大胆地点燃那盏矗立岸边的黑夜之灯吧！那盏照亮彼岸的灯。

静默的漩涡

河流不过是在大地的某个角落转了个弯，云彩却饱含所有的热情追随，殊不知它映在岸边的影子是河流不能触及的地方。

那位在荒野为大雁送行的乐者哟！乐声无法跨越的鸿沟，大雁唯有循着微风的气息离去了。

不要惊诧那奇异的花朵竟将天边的星云绘出一幅伟岸的桥梁画，这正是坚毅的力量打造的永恒。

静默地凝视窗外，你该多感谢那轮把影子挤进巷道的红日啊！它竟使你的头发在它的怀中欢快地飘散着。

介于梦与现实之间的浅睡只行走在自己的道路上，对它而言，白昼与晨夕有何区别呢？又能向它证明或揭示什么呢？

被仁爱包围的还有仁爱之光，但凡在其边缘行走的，便能感知拂晓的温暖，在其中心行走的，定能感知太阳的热情。

在低洼之处筑起的知识的门槛怎能抵抗倾泻的洪水呢？若想不被淹没，唯有用内心之尺去量一量源头之海的高度。

扯动生命痛处的那根线在相交的瞬间也左右了它的宿命，一旦映入眼帘，又该拿什么拯救这不甘的命运呢？

在迷茫的天际里，象征自由的子弹一旦卡在它的壳里，挣扎的翅膀也唯有触摸在风中飘零的最后余温了。

绝望握在手中的那串褐色的珠子，原本被封在岁月的尘埃里，若不是时间的追赶，谁会在最后的生命里拿着它感叹往生的美好呢？

倘若你的欲望从火焰中蹿出，随飘荡在烟雾中的尘埃撞击着你日夜把守的那扇灵魂之门，你该怎么还击啊！

在弹跳的瞬间，高处在黑夜的掩护下回到始点的模子里歇息，生命也是这样的，不这样它怎能支撑万物的想象呢？

星星在浩瀚的苍穹里行走的痕迹，其实是大地行走的模样，是它用岁月搜集，用生命雕刻，用灵魂呈现的大地之作。

急流在弯道里来不及延伸而卷起的漩涡虽冲刷了淤泥的泥沙，它奔泻千里的气势也不免让它在漩涡里惆怅哀叹。

其实阳光并没有照进绝望在黑暗之中垂死挣扎的缝隙里，因为这照耀苍生光芒的匆忙不是微小能感受的，若不能强大，唯有自救。

逐梦的印迹

若抵御外敌的那支箭是从正义的弦上射出的，在苦难的岁月里，即使射中的是自己迷茫的心脏，那样的痛也足以令他的民族幡然醒悟。

耸立众生头上的那道奥秘大门，若开启它的智慧之钥从不在思想的熔炉里锻造，众生凝聚的力量又能干什么呢？

在航行的大海上，生命在腥风血雨里交织碰撞的火花若不能命中笼罩它头顶上的障碍，恐怕唯有在嘶吼中拥抱午夜破碎的梦了。

在行将就木的鹰的眼睛里，成就它生命的天空并没有因此暗淡，锻炼它高超技术的高塔之间的巷道也并没有因此缩短距离，那是神圣的存在。

爱与恨若不能在飞行的高处交融，那么它们

唯有在降落的地方毁灭了，沉默是它们不可触及的力量。

孕育生命之源的那口井不也孕育了我们吗？为何如今它因枯竭干裂而被遗忘了呢？难道众人之手也不能止住它的伤口了吗？

仁爱在悬崖之上拼尽全力从翅膀上弹出的那根线虽准确地挂在了对岸的钩上，可这狭窄的路怎能度过恐惧的众生呢？

那蜿蜒盘旋的古老的石梯，不知承载了多少人向上攀爬的梦啊！往昔那神圣之殿的辉煌也仍是印在人们逐梦路上的印迹啊！

是谁在破晓时分拨弄那哀怨的琴弦惊扰这世间安宁的一切？令那浅浅的波浪也追逐着去抚平岸边伤心的裂痕。

瞬间划过长空的流星虽不能实现人们的愿望，它还是极力化作星辰的影子永挂长空，照亮了人们回家的泥泞烂路。

使你的心脏平稳跳动的是一根悬于你两手之间并使它保持协调的隐形之线，若因波动而使它断裂，生命也随之断裂。

重叠在旅途里行走的脚印虽不能精确地烙在它的模子里，却也使它的生命因加深的影响而异常出彩。

毛笔用墨汁勾勒的山水，其实早就住进画家孩童时期的梦里了，这是梦想在岁月的堆积里用心开出的灿烂之花。

滑板车的滑行速度虽不快，却让滑行者与大地有了别样接触的机会，在繁花盛开的窗台上看到自己倒映在玻璃里的样子而欢欣不已。

从你心灵之窗喷出的怒火是不可能镇压这引起怒火的根源了，不如转身化作一双羽翼飞越它。

垂挂的水珠

悬崖之处，被人紧握在手中的那根树枝并非救命稻草，是向生之人或向死之人瞬间抓住的破灭的希望，一切唯有自救。

荧光棒席卷的风暴虽灿烂，却也只簇拥了烟花瞬间精彩的悲凉，最终在惊呼声中坠地。

垂挂在屋檐下的那滴晶莹剔透的水珠哟，有谁能托起你永不坠落的梦呢？好像唯有托起你生命的大地了。

黑暗之灯给了城市延续繁华的机会，给了河流和大道警醒的机会，却还是阻止不了人们从此道走向尘埃。

淡漠是半个遗忘，也是半个死亡，遗忘却是死亡的全部。

使游离的梦不沉底的，是死海从中心散发的热情；使漂浮的躯体不坠底的，却是死海用生命从边缘四处搜集的力量。

苍穹对生命的理解是从日月星辰的轨迹中领悟的，大地也是从海纳百川的沉默中领悟的，它们虽在永恒中彼此陪伴，却从不言语。

因安逸而沉默的你口袋里的生灵，该用什么来安抚它自由的心呢？又该用什么来作为它逃离安逸的跳板呢？

我们被虚荣浸泡在蜜罐里的那颗憔悴的心是人间的手不能触碰的地方，只有锋利的牙齿才能扯碎它的外衣。

被孩子丢弃在路边的那根羽毛不也曾经作为飞翔的影子而被追逐吗？难道如今也像压在大人肩上负重前行的包袱了吗？

因启封而膨胀，因压缩而紧密的抽纸，不都是心连心地登上了它的舞台吗？我们若是如此那该多好。

当你用消遣的心态玩弄你因空无而紧握的拳头时，在孤独的深处，你能拿什么去掐灭介于心与唇之间不断翻转的言语的愤怒呢？

在言语的囚笼里，思想能展翅高飞；在思想的囚笼里，言语只是打发寂寞时光的调和剂。

你向上的心与屋檐之下那垂直的瓷砖的距离是以地面衡量的，而非你踮起脚的高度。

延伸你目光的那扇窗，其实早已在你的心中居住了，那是一幅在夕阳的晕染下绘就的扣人心弦的画卷。

飘浮的泪滴

凡是不假思索而在心中赤脚狂奔企图超越自我的人，灵魂将在众生的唾沫中漂浮。

如果某种盘踞在你心中的声音令你感到窒息却不能倾诉时，就让它成为夕阳之下鞭策你前行而扬鞭的影子吧！而非一根脆弱的稻草。

黄昏之下，把滚滚浓烟吹得七零八落的那一阵风哟！你可曾知道这是矗立大地上的烟囱的沉重的心啊！

纵使走在喧闹的大街，你那颗怦然心动的心也仍感到孤寂，难道在这世俗的门内点燃的璀璨的烟花也不能惊扰它吗？

传承不曾折断美德和素养腾飞的羽翼，为何它总在每个清晨苏醒的时候，俯身清除这附在它外衣上的尘埃呢？

潮流在服饰上随意剪开的洞虽在人们的身上赚足了眼光，可它还是没有贫穷用它的影子在苦难的岁月里缝补的洞珍贵啊！

辉煌在你的名片上印下的那一页早已尘封在岁月的角落里，你却把它烙在赤裸的心上，妄图让时间脱去它厚重的壳。

雪之梦，梦之华，当被银装素裹的那一根根枯草向大地俯身倾诉时，在暖阳的抚慰中，一切都化作滋润万物的泪滴。

制造者在艳阳下从高空抛撒的那一场鹅毛大雪哟！追梦者的足迹还未印下便已融化，谁来收拾这混乱的残局呢？

华灯初下，在寒冷的街道散步的那个人可否知道，是这盘绕在树梢的灯光装饰了你童年时的梦，才令你走到路的尽头。

那株因矮小而被尘埃覆盖的小草哟！其实早已在岁月的光中汲取尘埃的养料偷偷长大了。

荒野人家，从寂静的屋内发出的那束光，不也从你的心里发出过吗？也许是那扇绘有图案的窗遮住了它的光芒吧！

那张承载过无数人体重和疲劳的路边的椅子，即使被繁花簇拥着，也没有谁肯留下余温去抚慰它被黑夜吞噬的冰冷的心了。

那被两根线划定距离的纸上，会因此失去或收获什么呢？或许是一片被阳光照耀的绿洲，又或许是生命以内的东西吧！

浮萍遮蔽的岂止寂静的水的心，就连众生因好奇而驻足凝望的心也一并俘获，瞧，那片在风中凌乱的水草也不忍惊扰这动人的一幕。

前行的浪花

随镜头不断前行的并非脚步，而是失败造就的那道干涸的裂痕因内疚不愿呈现在灯光下的一闪而过。

那狂奔的潮水哟！既给了大雁腾飞的机会，也无情地冲刷了它拥吻大地的足迹。

那一湾浅浅的小水塘哟！盘踞你心头的那一泻千里的洪流不可能荡起你生命里想歌颂的浪花之歌了。

被你深藏于心的愿望早已挂在浩瀚的苍穹里了，只是你不知该如何解开这系在星辰里的命运之线而感到迷茫罢了。

在你游离不定的镜头中，谁能成为这世外桃源里的一道风景呢？或许是一位白发苍苍仍爬梯子维修房屋的老者，又或许是一粒炫动的尘埃。

从那片心连心的瓦沟里倾泻而下的雨滴虽能沿着沟渠流到它生命的归途里去，但这被雨滴惊醒导致彻夜未眠的孤寂的灵魂该如何安放呢？

当你坐上摩天轮为你的生命能围着它的中心转动而惊呼雀跃时，又为何为那围绕你生命并不小心弄湿你心情的小事而哀叹呢？

如果烙入你心中的路太窄了，即使走在宽阔的平原，你也会为找不到思想引导的中心感到无比沮丧的。

沉睡在五颜六色的酒杯里的从不是无色的酒，而是人们被喧闹的世界挑拨得躁动不安的心。

时间若能停留在以年轮为时针、以季节为分针、以时辰为秒针的岁月里，智慧是不是可以停留在思索的空间里？思想也不急于跨越命运的河流？

静静地流淌在你心灵深处的那条小溪是没有尽头的，只有你用精神和思索制作的皮尺才能测量它的深浅和宽窄。

如果你用生命书写的那首歌谣唱不出日月星辰的奥秘，身处浩瀚的迷雾中，谁能给你当触摸天际的垫脚石呢？

你用爱描绘的那张蓝图早已被岁月的风吹得泛黄了，苦苦撑着，你的幸福会因它而转动吗？

你从未与镜中的你合二为一，那既是一个模仿你的影子，也是一个脱离你思想的影子。

竖在善与恶之间的是一棵立在天地之间若隐若现的大树，它们的种子虽在此间生长，却不在彼间开花。

饥饿的画饼

你明明用年轮作为单位刻画的那张盛满你精神食粮的偌大的斗早已尘封在角落了，如今却随岁月减少了，是谁盗走了它呢?

填充你饥饿的那块饼干不也填充着你的灵魂吗？要不你怎会寻觅这灵魂的源泉之水去润养干渴的咽喉呢?

那条躺在地下静静流淌的暗河不也被你的好奇心翻露在外吗？它用心血供养的生灵不也成为你高贵的滋补品了吗？你在祈祷什么呢?

那在天空飞翔的云雀不也成为你无限放大的网中之物吗？它炽热的心跳声不也在你诱人的汤汁里停止了吗？你还施舍什么呢?

那朵在悬崖之上迎风而立的名贵之花不也成

为你的袋中之物了吗？它不也粉身碎骨地医治了你的疑难杂症？你在呻吟什么呢？

那根悬挂天空两端的钢丝不也成为你窗前的晾衣竿了吗？它的高度不也在努力地支撑着你灵魂的高度？你在自傲什么呢？

你因担忧居于低处而设的那道固若金汤的门不也被隐形之手撬开了吗？你的泪不也浸湿了你空荡荡的盒吗？你能守护什么呢？

你因自视居于高楼而形同虚设的那扇明亮之窗不也因意外而坠落了吗？来自深渊之处的哀号能弥补你的遗憾吗？你能修补什么呢？

那在河流之中卷起的漩涡不也在你的碗中卷起了吗？那因降温荡起的波浪不也被你吞下了吗？你还惧怕什么呢？

天空织就的那片色彩斑斓的布匹不也成为装修你外表的服饰了吗？它用色彩包裹的蜜汁不也在你的舌尖融化了吗？你还奢望什么呢？

你因行走在风尘的途中随风扬起的衣角不也被时间的刺钩破了吗？凡尘之手又怎能完好地缝补它的裂缝呢？你在遗憾什么呢？

那在天边咆哮的海水不也在大地之管的引流下灌满了你的水槽吗？满溢之水不也沿着沟渠灌溉着你的庄稼吗？你还埋怨什么呢？

你在孩童时无心种下的那棵小树苗不也在暴风雨的历练

中茁壮成长了吗？它的绿荫不也小心地呵护着身处烈日下的你吗？你还企图什么呢？

那道烙在身上的长长的疤痕不也被时光抹平了痕迹吗？溢出的鲜血不是早已被心灵之泪治愈了吗？你在挣扎什么呢？

那因执着而不断追寻的理想不也被失败折断过羽翼吗？它的脚印不也挣脱宿命的囚禁了吗？你在自弃什么呢？

狂奔的风暴

我们所浪费的一切都是时光用它的网在枯竭的死水里滤出的水滴，既没有解渴，也没有存储，无为的我们还是任它从掌心流失。

失去双腿也要用力量去行走，失去双手也是如此，他们因缺陷借助外物所行走的印记足以烙在大地的中心。

奉献用生命之手在孤岛上栽培的那株玫瑰是永不凋谢的，因为它早已用锋利的刺藤筑起那脆弱的坝基，抵御一切谋求利益的刽子手。

迟缓的人心中寻求的“大我”也如奔腾的海水夹杂着泥沙，所到之处也滔滔不绝地歌唱着大地之歌。

淡薄的人心中所吟唱的那首歌恰似弯曲的小

溪淙淙的流水声，或许在某个岔路口就看到了生命的尽头。

流浪的人是在心中赤身奔跑的人，不然他怎会居于众人的队伍中行走，抵达生命的中心呢？

从苦难的心中抑制不住溢出的那滴泪不也慰藉着抽搐的脸颊吗？在仰望旭日初升的早晨，它不也陪同你放声大笑吗？

随你起伏不定的心在水面上追逐的云雀哟！此时正用羽翼摇撼着水面滚动的波浪冲击着它的堤坝，你的心不也如此吗？

在笛声的轻拂下，你的脚步是不是也轻盈得溅不起半点水花呢？

风啊！你不仅摆动着枯枝飘零的梦，就连这柔软的气泡借助枝丫的力量弹跳的梦也因你而破灭。

你用贪婪在宽阔的道路上修筑的坝坎虽牢固，却连匍匐前行的虫子也能跨越，你还指望它去抵御时间的洪流吗？

不要惊讶侵占某处的大坑，那本是雨水洗净大地之后的去处，是人们用繁华取代了它深沉的漩涡，用牟利掩埋它的祝福。

若舌头席卷的不是味道洋溢的风暴，那么它能抹平饥饿撕开的伤口和贫穷的痕迹吗？

若言语修饰的不是善良发扬的美德，那么它能填满罪恶挖掘的大坑或懊悔吸干的泪水吗？

若侠骨撑起的不是正义披着的外衣，那么它能劝阻邪道扬起的尘埃和接纳悔过的心灵吗？

若耳朵聆听的不是心中起伏的心跳声，那么它能搜寻山岳的呼声和大海的喘息吗？

双面的选择

当你用心在狭窄的盆里培育的那粒种子开花绽放时，无疑你是高兴的；

当你因粗心洒入过多的水淹坏了那粒种子时，你也不必沮丧：

因为泥土填充的盆底难免因拥挤而阻塞了水滴的去处，但根茎自有去处，花也会再开。

当你用阳光沐浴的那盆静立窗台的植物攀上阳台的高处时，无疑你是欣慰的；

当你在某个暴风雨来临的夜晚不小心被它的刺扎得鲜血直流时，你也不必哭泣：

因为抚慰伤口的唯有破土的种子，超越种子的唯有高挂长空的果实。

当你用高贵编织的那块挂在你屋内的窗帘让

你的虚荣心得到满足时，无疑你是激动的；

当它因遮挡骄阳自动拉伸的皱褶限制你对天空的想象，对自由的渴望时，你也不必失望：

因为在得与失的较量中，总要彼此互换着自己的位置，人亦是如此。

当你能在霉烂的缝隙里绘出一幅活力四处蔓延的壁画，无疑你是成功的；

当它凹凸不平的边缘挡住你心愿的延伸或反卷你的成果时，你也并未失败：

因为现实酿造的那半杯酒虽能道尽所有的苦衷，却不能弥补外表的缺憾留下的愿望。

当你能在高大却锈迹斑斑的壶旁静等它在心中欢唱的那首沸腾之歌时，无疑你是高尚的；

当它沸腾的心把你的杯斟满，浓烟却把你包围，不能使你痛快地畅饮对，你也不必疑惑：

因为万物虽围绕一个中心，却在各自的荫中生长，并按照各自的意愿生活。

当你因梦想而独自在实验室不停地研制你的模型时，无疑你是执着的；

当它在无声的岁月里不停地消耗你的毅力，推倒你用心血筑起的成果时，你也不必颓废：

因为在时间的光里，它的两端总在吸收和奉献，顶端直插瞩目的苍穹，末端却深埋大地的淤泥里。

捆绑的枝条

如果你没有展翅飞翔的羽翼，即使把利剑的影子深藏于心，你因躲避而回旋的脚也会倒下或受伤的。

即使花叶凋零，深入泥土的根也不曾动摇，即使道路崎岖，翻越这山峰的脚印仍络绎不绝，我们的心不曾停止跳动，为何在需要它的地方总鸦雀无声呢?

被你捆绑的枝条并没有因你而失去什么，前行的步伐却因你的贪婪而变得缓慢。

如果你曾察觉阳光被你的声音带进心间，你又何须去抚触那在阳光下摇曳的荆棘呢?

穿过筛子的面粉并不感谢你勤劳的双手把它和成面团，这本就是它原始的状态，只不过在你的贪婪中它的影子才得以壮大。

被你架在火上烘烤的面包，它的心并没有因此变得憔悴，是你的贪婪吞噬了它掩藏心中的秘密。

竖立道路尽头上方的那支箭是从怎样的弓里射出的呢？或许是从一个不肯远行却又幻想超越的影中射出的吧！

你在成为自己之前，躯体只是以一个中立的影子做支撑，位居两端的灵魂与思想即使在梦中也未曾相见。

你拼命使垂直于水中的吸管斟满水的力量，难道是为了向干燥的空气炫耀诱人的水滴放出的吗？你又为何看着那虚无的水花而欢笑，却放纵越来越轻的吸管因空虚而落寞呢？

因害怕而不断回头张望的脚步从未停止过奔跑，也从未放弃原定的目标，因为瞬间的松懈或许就把生命推入致命的昨天。

荒芜的沙粒从未给予你任何希望的种子，它会为你因期望般激动的唐突把它高高地扬过头而内疚的。

水井对人们的爱从不因干渴而枯竭，也从不因充裕而满溢，它的爱源于生命赐予它的那道博爱的坝坎。

施舍犹如一件大众的外衣，任何人都能披上它，若你的仁慈只为施舍而施舍，却不曾辨别它的真伪，那么这一切注定不会落入饥馑者的手中了。

未知与已知中间隔着的是一位身居天涯的邻居，是路过此处的一位路人做了见证才拉近了彼此间的距离。

偷窥者在攀爬富贵的屋宇的过程中，要选择怎样的工具才能挣脱密织的隐形之网呢？

抬高的身价

当鲜血从一个人的身体流向另一个人的身体时，它是不自知的，但愿人间的手别因珍贵而抬高它的身价。

音乐对生命的热爱，从不以哑然无声的姿态呈现，是人间的耳塞使它拖着昂首的步伐，企图脱离生命走向永恒的队列。

如果你能感受因劳作而浸湿你衣服的淋漓大汗的温度，那么那样的清香将会浸透到你因劳作而喘息的气息里。

针与线是互相成就的，它们从不独自诉说自己的伟大，布却试图掩盖它们的痕迹独自邀功。

庸碌是不可能在高大的石雕上雕出伟大的肖像的，或许是金钱帮其实现了虚幻的梦，它才如愿地抱着自己的影子自怜。

纯真用彩虹的颜色编织的色彩虽渺小，却在孩子的脚下闪闪发光，让他们在欢快中旋转着。

某些时候，劳作赐予的芬芳虽不及施舍的周济来得丰厚，却也盖过了仁慈竖立的影子的那扇大门。

耳朵是辨不出恶魔与天使的声音的，因为它们虽相去甚远却在同一心间歌唱，唯有用心才能辨别它们舞蹈的模样。

陶瓷在烧制填充饥饿的那只碗时，是以贫穷为原料的，为何富有的柜中却堆满了它呢？

占据心间的是一个未知的声音，在已知面前，它永远以饱和的姿态去呈现。

内心深处，一定有一把琴为了使你的心情愉悦而不停地拨弄着自己，不然你怎会在落寞的街上露齿微笑呢？

使快乐枯竭的是那口充满好奇而四处开孔的井，在此之前，它曾因密封而满溢。

人心虽小，却是秤无法估量的，因为人心被金银镀上的重量难免在兴奋中使秤不停地摆动着自己。

悲欢从未在各自的屋中居住，它们犹如一潭浅浅的水，在搅动的浑浊中互融，在平静中彼此分离，但它们不停审视自己的心，从未筑起高坝。

随升降机升起的不只房屋的高度，还有人高兴的影子，只是在塔吊的转动中房屋才在艰难中胜出。

贫瘠的希望

万家灯火照亮的虽是千姿百态的辉煌，却都是草舍的影子，那是立于辽阔的贫瘠大地上伊始的希望啊！

房屋只是给躯壳提供安全或炫耀身份的地方，在多少个无眠又孤寂的夜晚，梦不也在无边的寂静的天际中飘荡着吗？

立于山峰之巅的房屋何尝不惧这狂风暴雨的吹打呢？为了见证建造者伟大的梦，它唯有静于忐忑中矗立了。

自以为是的高级，不也是夺取牲畜的鲜奶和肉汲取营养吗？难道是剥夺的名号加以桂冠的？

纵使你锃亮偌大的杯斟满了葡萄酒，短暂的

相遇也摇不响它在心中歌唱的那首大地之歌。

心灵之屋哟！你可不能仗着牢固的门锁而放松警惕呀！小心你宝贵的回忆会追随风的自由而从门隙里消失。

驯兽师的英名是狭窄的铁栅栏拱手相让的，要不他纤细的手指怎能转化驰骋疆场的铁蹄的意愿呢？

讥笑声中，若尊严从不放低自己的姿态，即使不堪重负的躯体弯腰又有什么用呢？

在桥上闪闪发光的那束阳光虽不能把余热抛洒在水面上，却也激动地鼓动着思想的浪花远行。

享乐对享乐诉说的言语是一种极其神秘的东西，竟无时无刻不在拨弄着它们蠢蠢欲动的神经。

能轻而易举代替你位置的东西会屑于做你的主人，因为它的灵魂是高于你的影子行走的。

使鱼随鱼缸的坠落而加速灭亡的或许并非鱼缸本身，而是一个毁于瞬间却又令人心碎的意外。

炽热的烈火覆盖不了欲望的宽度，但它扬起的浓烟的高度永不因欲望的消减而驯服。

随船下沉的除了这绝望的哀号声外，还有什么呢？难道挺立的桅杆所掩盖的缺陷也随下沉的锚坠入水底了吗？

水滴落细枝上弹起的力量虽奏不出它生命的歌声，却足以浇灭因自傲而扬起的声音。

重叠的花边

能独自走过人生独木桥的人或许都是屏住呼吸的吧！缺少飞翔的翅膀也唯有心无旁骛地行走了。

藏起秘密的并非花园，而是你眼前的那扇不以清晨的云雾为界限的宽阔之窗。

其实布在成为衣服之前，能以简洁的样子呈现在众人面前是它的梦，因为卷起的皱褶花边和祖露的性感永远掩饰不了人心原本的样子。

层叠编织的形状虽完美，却掩盖不了它因视觉的冲击设计的距离而造成内心的脆弱和空虚。

交易从不以核算的结果辨别贫穷与富贵，是人们在食品箱的底部灌入的泥沙抬高了各自的身价。

从市场空手而归的不是懒惰者，而是每个清晨挑着果实守候在街上的劳动者，只是他们的收获以夕阳为界限而被忽视罢了。

因恐惧聚在一起的未必是胆小者，也许是几颗穿越丛林被冰冷的水滴浸泡的心需要焐干而不得不抱团取暖罢了。

从伤口涌出的未必是血，抑或是某颗小小的扯动着脆弱神经的颗粒，在被挤出的瞬间，孕育它生命的壳便愈合。

羞涩的神经是有界限的，但在幼小的心灵面前，它是敞开怀抱的，谁会把纯真的笑容拒之门外呢？

孩童总是天真地比画着大人的脚印，希望自己也能踩出如此深沉的坑，殊不知那是岁月磨平了棱角烙下的印迹。

坚固的盾牌从不挡在弱者前进的路上，而是以守护的形象竖在悬崖的边缘。

当饥饿残忍地剥离了果实的生命之壳时，是否想过这宝贵的壳是因感恩时间的赐予而日夜兼程地担起的责任呢？

贪婪者，若你只因一味地索取而狼吞虎咽地咀嚼，你忙碌的双手会因落空而停下，进而你麻木的舌头将会被咬断。

被生命覆盖的那张白纸，曾经不也努力地托起生命吗？难道是风反转了它的命运吗？

孩子是没有力量折断填充他饥饿的筷子的，是什么使他含着泪珠默默地守在已被折断的筷子旁边呢？

密封的罐

众生的心虽是微小的针眼焐热的，纵使它用生命之线织就了千姿百态的外衣，却也织不了众生高贵的灵魂。

沿生命的线不断伸展的东西，不也因生命之线折叠而缩小吗？回归密封生命的罐里是它最终的宿命。

渔夫偌大的网虽是打着勤劳的名义放在宽阔的河里的，夕阳还是让他被欲望占领的网落了空。

旅行的人哟！你用烟雾作为起点离去的地方再也等不到它的回归了，在朝阳升起的地方你就尽情远眺吧！

是什么使欢乐瞬间悲哀哭泣？或许是介于悲喜之间的梦让它拥有足够飞翔的空间而激动吧！

自由被高墙禁锢的痛苦是通过仰望高飞的翅

膀得到释放的，拥有悔恨的仰望也无疑是宝贵的。

争执并不能在不断高昂的声音中成就彼此，分歧唯有在理智的协调中统一。

赤脚行走的足迹虽不清晰，它对大地深沉般的热爱却从不因荆棘丛生而停下，因悬崖峭壁而畏缩不前。

从每一个伤口涌出的每一滴泪都是我们精神的食粮，时刻抚慰着我们饥渴的心。

在夜间变得冰冷的石头不也尽力地托起路人仰望星空的身体吗？为何忍心让它在酷阳下暴晒呢？

你反手叩开的门锁虽令你孤寂的心激动不已，却令你的脚步永远无法追上现实。

随风飘荡的梦在梦中从未获得满足，那是一个无人重视的孤独的梦。

悔恨从未怠慢过错沉重的步伐，是它如汪洋大海般的负疚堵住了那道光明的大门，直至淹没。

洞穴虽小，却能容下生灵的灵魂，使其高飞，又使其钻地，使其在梦中忘记来时寻觅的路，又使其在清醒中穿梭于雾霾之中。

横亘善良与邪恶中间的那条河流从未因自己的喜好偏向任何一方，是心灵藏起或释放心中的大善与大恶，才让这覆盖它命运多舛的河流如此顺畅。

在喧闹的大街，陌生人为了抚慰自己孤寂的心，往返于灵与肉之间的步伐从未停下，也不敢停下。

逐浪的沙子

队伍中间的影子不也是行人的影子吗？那也是大地的影子。

挡住你去路的那块石头是大地先于你赐予它生命的，若你没有挪开的力量，就把你因磕碰流出的鲜血洒在上面警醒后来者吧！

织工用日月编织的布匹不是人间的尺子所能丈量的，五颜六色的线也只能使其长出边缘的肉缩回。

正义虽堵不住罪恶之刀划出的鲜血，法律的眼睛却能嗅出隐藏在血腥背后的根源。

喜恶用秉性交织的藤虽盘根错节，沉思俯身低垂的头还是轻而易举地认出了它们深埋地下之根的距离。

委屈或许不是从自虐的小包里蹿出的，但它若因蹿出而无形放大自己，它的无处安身和无处倾诉无疑是悲哀的和自找的。

那因岁月的鞭打而脱离华丽布饰的花边曾经不也作为华丽的整体装饰你奢侈的梦吗？此时的它在寒风中挣扎着，而你却无动于衷。

那因冲刷污浊的面积而不断扩大的有限的水是不可能轻易取胜了，唯有集中的力量方能战胜顽固的痼疾。

在空中来回盘旋的羽毛球并非在一条固定的线上行走，而是从无数个上下不定的网眼中腾飞的。

因地貌而被分割成无数的路中之路并没有尽头，站在岔路口的人们却自以为到了路的尽头而忘形地不肯再前行半步。

平原之上，立于你房屋之下的石头并没有因此感到高贵，它既不能抚慰你的虚荣之心，也不能洗搓它自己的廉洁之心。

别去羡慕孩童微笑着拨弄手中的车子了，握在你手中的车子不也无怨无悔地载着你前行吗?

朋友，别轻易带走岸边随波逐浪的沙子，因为那是我们的影子，我们不也被时间追逐着未曾到过生命的中心吗?

塔尖再高，也不能自己锻造；海水再深，源于不择细流。就连伟岸的灵魂也都是在先人撑着的思想之灯的照耀下前行，世间有什么是自造的呢?

供万人敬仰的雕像乃万人雕刻，凡是用金钱精心雕刻的也只能握在掌心自娱自乐了。

大海用生命筑起的沙丘虽不能矗立，却令万人敬而远之，于是它唯有静默于心，化作养育珍奇万物的泥沙供人观赏。

琴弦的松动

万物皆有生命。一粒尘土，一片树叶，一棵小草，一块石头……无不唱响生命之歌。我们该用怎样的笔，怎样的领悟才能刻出它们永恒的模样呢？

离你最近的不就是折叠的手才能抚触的那颗跳动的心吗？你为何要仰望那伸手够不着的迷茫远方呢？

镣铐在成为自己之前，它是锁链的一个噩梦，叮当作响的声音却是正义寻觅的影子；成为自己之后，它是凌驾于正义之上的法律的影子。

立于地上，却能在心里行走的人，是不会触到人生路上的任何枝丫的，更不会受风的影响偏离轨道。

众生的服饰都是从同一个模子里画出的，冠以它高贵名号的人们多么可笑啊！若非亲手定制和编织，就不要高扬它。

把你的笔芯带走并在纸上写下梦想的孩子是值得鼓励的，他用你的现在描绘未来，播下希望的种子。

被岁月拨弄的那根琴弦只是稍微松动而未来得及拧紧，你高唱的歌声为何也跟着变味了呢？难道也是为了附和而歌唱吗？

人们对自由的渴望不是漆黑的屋内能封锁的，自由的失去却是明亮的灯光赐予的，那是一把无形的枷锁。

愿望是半个思想，自由是半个灵魂，若你的心为了追求完整，在追求另外半个影子的时候未曾滴血，又怎能领悟万物呢？

被忧愁包围的微笑无疑是洒脱的，倾尽所有获得的轻快的步伐早已在无拘无束的旋转中成为自己。

谈判用威胁作为砝码获取的东西无疑是挂在脖子上的一把枷锁，更是压垮自由的最后一根稻草，刺激却乏味。

闹钟不也依靠转动的晨光叫醒沉睡的人们吗？你为何不把这赋予生命的万物之阳缝制一件万能之衣加持血肉之躯呢？

担负你生命之重的那只碗为何从你宽大的掌中碎地一片呢？它也曾极力地挣脱依靠来到你瑟瑟发抖的手中给予你生的希望啊！

能铲除你脚下某个令你不疼不痒的水疱，往往不是手施压的力量，而是脚行走的力量。

贴在你额头上的或许只需清水就能抹掉的印迹，你却暗自高兴地以为它高过了你的眼睛而草率地给它戴上一副瞭望远方的望远镜。

云霄之上

是什么毁掉了立于宝座之上的信任呢？又是什么撕毁了立在合约之上的字据？

是漏洞吗？不，是掌控漏洞的邪恶。

是什么冲刷了立于岁月之上的记忆呢？又是什么抹掉了来时系在心间的初心？

是富裕吗？不，是掌控富裕的贪婪。

是什么触犯了立于尊严之上的法律呢？又是什么统治了精神向往的自由？

是耻辱吗？不，是掌控耻辱的灵魂。

是什么违背了立于人性之上的良知呢？又是什么绑架了行走的道德？

是罪恶吗？不，是掌控罪恶的思想。

是什么唤醒了藏匿睡眠之外的幻梦呢？又是

什么包围了人生赤裸行走的想象？

是时光吗？不，是掌控时光的距离。

是什么砸碎了立于成就之上的功劳呢？又是什么约束了随清晨苏醒的那轮太阳？

是黑夜吗？不，是掌控黑夜的生命。

是什么歌颂了立于品性之上的美德呢？又是什么高举了颂扬情操的旗帜？

是心愿吗？不，是掌控心愿的河流。

是什么扰乱了立于道路之上的信念呢？又是什么掐断了信仰燃起的火苗？

是歧途吗？不，是掌控歧途的步伐。

是什么鞭策了立于人民之上的暴君呢？又是什么开启了羁绊命运的枷锁？

是权力吗？不，是掌控权力的法律。

是什么造就了立于渺小之上的伟大呢？又是什么使那繁华的沙漠互相团结拥抱？

是力量吗？不，是闪烁力量之外的永恒。

荒芜的沙漠

能在鼠标上拖动的只是生命之中一个不大不小的知识闪光点，而非处于你心中的那座城池或决定你人生高度的那座山。

生命并不以随时间运转的速度为中心，而是以不断攀爬或超越自己高度之外的物体为中心。

若回归不以飘荡于身体之外的心为目的，你不如带着它去穿越这荒芜的沙漠或丛林吧！或许那里有令你的心沉浮的东西。

法律的大殿上住着用审判打造的最坚固的镣铐和仁爱铸就的自由，这一切皆因选择而起，你该怎么行走呢？

罪人亲手挣脱的只不过是模糊的细碎的法律纸片，而它的影子早已盖过他们在心中建造的那座罪恶之城。

谁能亲手丢掉捧在掌心的那场令人眼花缭乱的游戏，谁就能废黜盘踞心中专制自由和尊严的暴君。

自毁并非你吞咽的过程中卡在你喉咙里的那根长长的刺，而是你因品尝而意外阻塞气管的米粒。

直抵你灵魂深处的悲哀，你的内心该用怎样的步伐才能摆脱这托起它影子的躯体呢？它们可是形影不离的呀！

如果你能与控制你内心的那座愤怒的火山握手言和，依附你外表的情绪又何尝不能驱除呢？

握在别人手中的那块钟表何尝未在你晚起的床顶叩响？是什么阻止你内心的期盼而与懒惰为伍呢？

在你手中搅起的漩涡是奔腾的海水赐予的，就连随你双筷腾起的烟雾也是海水赐予的，是什么使你自大到让它们溢出你小小的碗呢？

使你昏睡的头瞬间清醒的，或许是支撑头颅的双手的松动，抑或是中途入侵大脑的梦，这是一个逝于瞬间却永远在行走的梦。

谁能在辽阔的平原上拥抱自律，在嘈杂的沟渠里拥抱自知，谁就能拥抱印在掌心里渐行渐远的永恒。

阴影是从某个伤口溢出的痛再随时间的流逝而不断愈合的疤痕，烙下了它永不消逝的得意的样子。

时间是万物成长的证人，凡在成长中不能挣脱壳的约束的，必在壳中消亡；凡在壳中自傲的，也必在壳中消亡。

空杯的热情

如果你能辨出心中那盏斟满五味杂陈般污浊的河水中的热情，你又何愁溢出的河水会浇灭它的影子呢？

如果万物只有一个中心，被你两头削尖的东西因你的好奇而不能释放它生命的意义，即使围着你不停地旋转又有何用呢？

谎言在角落里编织的网虽太过精细而毫无破绽，但只要智慧用手指触摸，用耳朵倾听便能一较真伪。

因你的粗心而意外折断的那支笔芯再也不能实现它的价值了，即使在平静的水面上它因不甘而翻滚的心也找不到归处，你该拿什么抚慰它呢？

弄潮者哟！你在心中激起的那片浪花早已高过从故乡的港湾缓缓驶出的那艘船，你该如何让它平静地停在心里呢？

水于茶而言，是一个漂浮不定的梦，茶于水而言，却是一个沉淀的现实，两者之间，唯有在不断清醒的入侵胶着中冷静才能脱离彼此。

航海者前行的路是手中的舵指引的，热情高涨的帆也在无边的海面上随风吹拂而去，心也是如此。

风的转折点是一堵墙便能决定的，人的转折点又何尝不是如此呢？那是一道始于安逸却困于牢笼的墙，唯有风才能翻越。

迷途者，远处向你呼唤的声音并不会向你招手，因为它并不知在这辽阔的烟雾中何处没有荆棘丛林，唯有赐予你希望的声音。

平行于阡陌中的路何尝没有中心呢？这指引众生前行交错的大地不就是它的中心吗？也是它的魂呀！

智者藏于心中的秘密若能挂在强者空空如也的枝头上，众生是不是也如奔涌的泉水一路寻求它的果实，各自在黑夜里点上明亮的灯呢？

全能者高举的双手并不能接住从四面八方抛掷过来的球，更不能使其灌满空气的躯体充满智慧，因为他虽站立生命的中心，却是一个不能阐释生命的虚伪者。

因嘲弄而滚落的酸楚的泪只有坚定的步伐或一个仁者的

轻柔抚慰才能治愈，那样朦胧的声音必将成为珍贵的记忆。

被浪花冲刷的脚印不也使浪花归于平静了吗？因分离成为回忆的岁月却不曾归于平静，是浪花太吵闹了。

在堤岸上行走的人若不亲自扯掉这迷住双眼的轻纱，走到被海水一分为二的岔路口，他该如何抉择呢？

爱是不自知的，恨也是不自知的，在一个不深不浅的坑里它们平静地相拥着，是一颗夹杂其间的沙粒才让它们找到各自的位置。

潺潺的溪流

听，大地已敲响沉默的钟声，归家的游子哟！停下脚步听一听这深沉的呼唤吧！

天地总是从混沌中挣扎着复苏，人类却从混沌中昏睡过去，故而产生对镜自怜的影子，殊不知新芽早已摆脱秋风的包围了。

思想在沉默中所倾诉的言语，若不能通过行动表达出来，你就不要自责了。在顿悟的境界中，你们并非心灵合一的共同体。

站在道德的制高点，什么力量能撼动你树立心灵之巅的形象呢？唯愿那不是从欲望中蹿出的洞察之火扩大的空间。

如果你的心能容下整个躯体的话，缩影又何

尝不能从桎梏中解放出来呢？这是一个从自我折叠中收放心灵的问题。

从你指缝间滑落的或许不是时光的沙粒，而是一支记录岁月的笔，一支载着过去又规划未来的笔。

那片在电闪雷鸣中被风刮远的叶子多想在美好的生命中静息，即使处于伟男中它也不曾放弃向生的机会而热情地摆动着自己。

用四肢攀爬就能达到的制高点并非智慧居住的地方，唯有灵魂牵引着于心跨越的那座高山才是目标的中心。

因你的摇动而在筐中不断叮当作响的杯子并非没有水，而是用空杯的心态唱响它们的生命之歌。

不要好奇笔直地挺立天地之间的那棵大树为何屹立不倒，若它能居住你的心中，它也不会因厚此薄彼而倾斜任何一方。

力量因太过热情而揭掉的头顶上方的那片瓦片，该用怎样的力量才能抵抗大雨的冲刷而不淋湿脆弱的心呢？

潺潺的溪流哟！那片以垂直的姿态坠入你生命之旅的绿叶并不想跟随你的步伐远去呀！你为何如此匆忙呢？

纵使横在溪流上方的枯树坚韧不倒，那随风飘落的绿叶也装饰不了你年轻的梦呀！

从生命的模型里烙出的模板就不要想方设法回去模型里了，这不是生命赋予的意义。

那随音响不断走向高潮的歌声，虽撒向不同的地方，却来自同一个中心，人不也如此吗？

翻腾的力量

坐落在山中的那潭碧绿的深水虽落寞，却也努力地把这赐予它生命的山间的一切尽收眼底。

矗立海平面上的那座桥虽有尽头，却还是超出了人们的眼界。

从狭窄的出口不断涌出的那团烟雾虽不是从人间的暖风机里腾出的，却还是借助风的力量在翻腾中飞向远方。

耸立在山峰之巅的那个古老的烟囱为何如此寂静呢？难道是赐予它生命的峰巅使其失去珍贵的价值意义了吗？

为何泛白的用岩石铺就的时光之路没有烙下任何脚印呢？难道被风吹散了吗？不，是被风集中在岩石深处的生命里了。

屋檐之下，随线摇摆着叮当作响的风铃若不是欢腾地映入月亮的眼帘，细细的线又怎会撼动它的生命呢?

是什么让荷花之下的鱼儿焦躁不安呢? 难道是这摇摆不定的荷花之根搅扰了它的安宁吗? 还是撼动这荷花生命的一方池塘?

在空中盘旋的那只蝴蝶多想守护因颠簸倒头路边就寝的人儿的梦啊! 奈何深沉的鼾声不给它接近的机会。

岩石除了赋予自身以坚强，它还赋予万物以坚强的后盾。岩石之上是生命，岩石之下也是生命。

沿着玻璃不断攀升的脚印，高傲地昂着头，全然不顾这倾尽所有托起它随身体不断高升的梦。

高飞的鹰哟! 你千万别因展翅的羽翼能印在这辽阔的大地上而低飞呀! 若能把它烙入云霄你就倾其所能吧!

马蹄溅起的水花虽不足以浇灌前行的万里之路，却时刻陪伴着它孤独的脚步声。

昂首望去，盘旋你屋顶上方的那团如漩涡般自由舒展的云彩是以群山为界线的，而不是天空。

丰收的季节

倘若你辛劳的汗珠不曾滴落到精神的火炉里锻造，升腾的烟雾不曾包围你的躯体，你又怎能将播种在心田里的庄稼收获呢？

倘若你因追寻安稳而不肯去开垦你狭窄的土地边缘，在丰收的季节里，你又能拿什么安慰你偌大的餐桌呢？

倘若你因私心灌溉在裂缝之一的水又因骄傲而四处蹦跶，在大地面前，你又该怎样树立你坦诚的形象呢？

倘若你用友谊高筑的城墙在苦难来临的瞬间便能分崩离析，在瓦砾之上，你该拿什么去祭奠高高在上的智慧呢？

倘若你用心血编织的背篓不能承载愿望的重

量，在孤寂的角落，你能拿它承载你因希望过高而失落的泪吗？

倘若你因好奇而在被繁花覆盖的坑板上跳动，在断裂的瞬间，你能抚慰被荒芜的尘埃附着的繁花之殇吗？

倘若你用谎言的外衣撒下的那张网未能守住心中的秘密，在流逝的岁月里，你能确保时光能抚平谎言撕开的伤口吗？

倘若你用猜疑和揣测酿造的酱汁未能腌透食物的心，它裸露的原味，你能嚼出它内心的言语和味道吗？

倘若你用线在纤细的指间编织的温暖未能焐热爱人冰冷的身体，你就不要用哭泣去感化他坚硬的心了。

倘若你因骄傲而在生命之池里搅起的浪花未能高过立在岸边的身影，你能拿什么去掩埋它袒露在外的底部泥沙呢？

倘若你用偏执和狭隘调制的气味未能使空荡的屋里飘香四溢，在声音的海洋里，你能拿什么去噙住诉说真相的舌头呢？

倘若你因是非而陷入流言堆砌的泥潭里动弹不得，与其争辩，不如用日渐清晰的时间的清水净化心灵。

倘若你在低谷摔倒仍顽强地仰望那山峰之巅，在弥天大雾笼罩的途中，世间又有什么能祭慰你从灵魂深处淌出的鲜血呢？

倘若你因仇恨而在心中制造的那把利剑准确地插入敌人的心脏，在悲伤的世界里，你能拿什么剔除仇恨之根呢？

倘若你因思想空洞而未在时间的沙上留下任何足迹，在生命的长河里，奔腾的潮水能洗搓你那颗锈迹斑斑的心吗？

倘若你用放纵的欲望去寻获的那颗珍珠未曾使你的生命发光发亮，在每个宝贵的清晨，你该拿什么去填补落空的心灵呢？

静静的雪

烟雾弥漫，云彩炫动。

水在天气的带动下，就这样悄无声息地来到了冬季。

村落一角，四周白雪皑皑，当远归的鸟儿飞到邻家被大雪覆盖的墙院上时，也不免在迷茫中瑟瑟发抖。

为了生存，人们全副武装地在土地里寻找着他们早已播种的蔬菜，一株株被大雪浸入骨髓般甘甜的白菜。

傍晚，路灯在寒风中默默地坚守着，可惜路上没有行人。

唯有从屋顶蹿出的烟囱拼命地呼吸着，企图用它炽热的激情抗拒这想堵塞它咽喉的大雪。

野外，目之所及一片银装素裹，那只站立树枝头的鸟儿竟久久不肯离去，好像要减轻被大雪压弯了腰的枝丫的负担而上蹿下跳。

不远处，那条挣脱冰川禁锢的河流，此时正用涌动的生命歌颂心中那首无声的歌。

几只白鹤在岸边静静地站着，仰着头好像在感谢为它遮蔽寒风和白雪的枯草。

为了应和河流的心声，在岸边成群结队的水鸭也迫不及待地下到河里，做着它们有趣的游戏。

向远望去，来时那条没有边际的路，此时已被水鸭密密麻麻的脚印所覆盖，可惜，路上没有行人。

城郊，在街道的邀请下，人们与白雪的心互相交融着。

孩子们在好奇心的驱使下，毫不畏惧这寒风凛冽的吹打，裸露着双手，热情地堆砌着心中的雪人。

虽不高大，却也堆出喜爱的模样，让他们在收获中比肩拍照，在岁月中留下欢乐的见证。

途中，那辆打滑的车正为被冰封住而迈不过的坎着急，车灯不停地闪烁着……

旅行的人也为录下这热闹的画面高举手中的镜头，在摆拍中不断地转动着，附和着。

唯愿你的影子是从真实的美中捕获，而非丑化别人的镜头中脱颖而出。

华灯初上，残雪在灯光的陪伴下，把这大千世界的缩影衬托得恰到好处，可惜路上没有行人。

心的启示

倘若加重一本书重量的是从你杯中抛洒的一滴水，无疑剩下的水将加重你的生命，成为心脏的负荷。

倘若减轻你心脏负荷的是一瓶药中的一粒，无疑剩下的药将摇响你的生命，瓶将点燃你的心。

不过，在吞咽之前，你应把瓶装在用书页折叠的盒里，并密封它。

因为被智慧包裹的心，即使倒立，也仍有迹可寻。在密封的罐里，药也散发着芳香。

倘若加速你计划灭亡的只是你无意之中的某个举动，无疑剩下的举动都将令你寸步难行，成为前行的枷锁。

倘若加速你伤口结痂的是从岁月边缘不断新

生的皮肤，无疑剩下的伤口将被更多的肌肤代替，直至愈合。

不过，在愈合之前，你应把疼痛流血的伤口在忙碌的计划中反复清洗、消毒，并仔细包扎它。

因为被坚强包裹的心一旦愈合，精神将可能远走，在无尽的岁月里，生命将有无限可能。

倘若复制你思想高度的那面旗子是因旧墙的剥离导致掉落的，无疑更多的想法将难以实现，成为心灵的禁锢。

倘若释放你压力的只是从心灵的某个出口溢出的一滴泪，无疑更多的泪将继续涌出，直至把你包围。

不过，在包围之前，你应大声歌唱或哭泣，用极致去打开阻塞心灵溢口的阀门，让压力决堤。

因为被思想包裹的心一旦扬帆起航，在一去不返的岁月里，它将在它生命的海洋里探索，直抵成功的彼岸。

倘若倾吐你心声的只是你众多言语中的某句，无疑更多的言语将随风消失，成为语言的梦魇。

倘若过滤你语言的同是净化你血液的一根血管，无疑更多的精华将给予你供养和呼吸。

不过，在呼吸之前，你应把嗅觉和听觉的系统打开，连视觉也一同打开，让它们在抉择中综合，在综合中统一。

因为被精神养料包裹的心一旦明确方向，无论是耸立平原的高山或奔腾大海的洪流，都无法阻止它从大地的扬声筒里发出的声音。

断崖

横亘两山之间的那条河流，无论岁月怎样流逝，它都静静地随着时间的足迹流向它的归处。

于雨季中奔腾着，于旱季中坚强着，无论四季怎样考验，它都热情地张开羽翼拥抱一切，容纳一切。

你的心是否像潺潺的溪水那样撞击弯曲的堤岸？是否像奔流的浪花那样越过河床的高度？是否像断层的河流那样踊跃一跳？

在生命的尽头，你是在寂静的深潭里舒适地静躺着，还是在河床的断崖处徘徊，甚至惊恐？

反正河流挣脱了世俗的命运之笼，在断崖处纵身一跃，用激情荡起千层浪花，既装饰了别人的风景，又改变了自己的命运。

这是一条亘古不变的河，更是一条用生命唱着赞歌的古老的河。

青翠的田野，雄壮的高山，即使生命之河唱着古老的歌穿插而过，它仍在成长中静默着，在静默中感恩着。

因为养育它的是土壤之下的岩石，使其坚硬挺拔的也是岩石，使其茂盛的也是滋润土壤的岩石。

岿然不动的岩石呀！用生命支撑万物，用智慧启迪万物，再吸收万物的养分强壮自己。

你的灵魂是否像风撞击天边的行云那样撞击着你的内心？是否像浸润旱地的露珠那样浸润你的心扉？是否像浇灌庄稼的流水那样灌满你的心田？

在生命的尽头，你是在行云流水间仰望梦幻的天空呢，还是躺在平原大地上随繁花枯死？

反正群山在缥缈中抵抗着时间之河的侵蚀，纵使把它一分为二，它的根基之石也仍岿然不动。

它们在夹缝中遥望着，影子在生命的断崖处交融着，拥抱着……

这是一座神秘的山，更是一座用生命唱着赞歌的古老的山。

家

冰雪融化，万物重生。

在微风相伴的清晨，大人便悄无声息地离开了家门，离开孩子，去播种他们赖以生存的庄稼。

大地借着春天的太阳，尽心地呵护着人们播种的每粒种子。

大地也借着雨水冲击的沟渠，将每滴饱含热情的雨水滋润着被阳光晒得奄奄一息的嫩芽。

是的，在夕阳落山之前，他们都未曾抬头遥望家的方向，他们忙着播种田间的庄稼。

家中的孩子呀！唯有望着从田间升腾的袅袅炊烟，坐在路口旁盼着他晚归的妈妈。

蚂蚁有洞穴，即使生在贫瘠的土地上，它也

要不辞辛劳地为孩子筑起安全的家。

在庄稼刚刚抽出嫩芽，树上的花儿含苞待放时，大人便背起行囊，匆匆地离开了家，离开孩子，去寻找他们赖以生存的庄稼。

路虽有尽头，却是思念的泪不可触及的地方，电话的两端，唯有想念又无奈的话充斥着寂静的夜空。

在蜜蜂欢快地在花间啜饮蜜汁的路上，青蛙的鸣叫声欢快地荡起池塘的微波时，沉默的孩子正走着父母走过的那条路，收割父母播种的庄稼，把赐予他们希望的谷仓灌满。

是的，直到除夕的鞭炮响起，他们都未曾赶到久别的家，或许在拥挤的路上，他们正从车窗遥望即将团聚的家。

留守的孩子呀！即使黄昏晕染的大地将被漆黑的夜代替，他仍一动不动地守在路口旁等着远归的妈妈。

妈妈，即使有做装饰的繁花，有做墙院的大树，它们也不及您用汗水滋润的稻谷芳香。

妈妈，即使有豪华的屋宇栖息，有大好的前程铺路，它们也不及您用慈爱培育的感恩真实。

妈妈，如果可以，长大后，我愿做飞翔的鸟儿，跟随母亲的步伐，叼啄枯草堆砌它们筑在树上的家。

妈妈，如果真的可以，长大后，我真想做那高飞的鸟儿，带着您飞越四季的屏障、锦绣的山川，最后又飞回我们的家……

母亲

当烟雾从每棵树旁退去，阳光就从迷雾中走来。

把它从黑夜里收集的智慧连同热情一起洒向人间，启迪人间。

那片被晨露滋润的大地和吐出新芽的农作物，正尽情地沐浴着阳光的洗礼。

刚出家门的孩童呀！在春风的催促中奔跑着来到山坡，来到母亲播种的田地间。

母亲在耕种来年的希望，孩子在编织铲掉的杂花。

当微风从缥缈的云彩里消失，烈日就把影子正挂长空。

用它从浩瀚的天地间收集的能量和豪迈一同考验人间。

那片薄雾织成的沉重的被子正扯动着敏感的神经，企图用翻云覆雨般的波浪抵抗烈日的热情。

奈何烈日还是倾尽所有突破大雾的防线，携带云彩的热量洒向人间。

迈出家门的少年啊！在母亲的期盼中背着行囊离开了母亲，翻越了门前的那道山坡。

母亲在烈日下呵护着庄稼，少年沉浸在知识的海洋里。

当星星逐渐挣脱夜空的怀抱，阳光就乘着云彩的羽翼归去。

把它从万物博广的胸襟中吸收的养分和豁达一同随云彩归去，或在途中自省。

傍晚，那片余温散尽，硕果累累的庄稼早已俯贴着大地，连同母亲忙碌的身影淹没。

离家未归的少年呀！在远方正遥望着家的方向，多想请繁星捎去一封寄托思乡的信儿。

母亲的身影正穿梭家与地的小道上，少年正潜行在探索的海洋里。

当母亲乘着岁月的痕迹渐渐老去，孩子就从母亲的步伐中走来。

把他在成长路上收获的感恩连同责任一起寻找来时的脚

印，模糊的脚印。

那片被知识浇灌的汪洋正狂奔向遥远的一角，压抑着热情抚触遥远的边缘。

学成远归的青年呀！踏着儿时那条初心未改的路，风尘仆仆地来到头发花白的母亲面前。

青年用成就托起沉重的期盼，母亲跟着希望走向远方。

温暖的阳光

当一轮红日很快在天边落下时，一轮明月又很快在天空升起。

当稍纵即逝的一瞬极力地拉开万物的序幕时，那缕阳光会毫不吝啬地把它的爱投入你的心房。正如那朵在暖阳的爱抚下绽放的花朵，你的心也是如此。

若你的心也能如花般抚慰那只在花间觅食的蜜蜂，那该多好。

当一阵微风很快从身边消失时，另一阵微风又很快将你包围。

当稍纵即逝的一瞬企图用凌乱的发丝干扰思绪时，那缕阳光会毫不犹豫地把它的爱射入你的心房。正如那丛在岁月的见证下渐黄的小草，你的心也是如此。

若你的心也能如大地般轻抚那丛在风中凌乱的枯草，那该多好。

当一轮波浪很快在眼前消失时，另一轮波浪又很快呈现在眼前。

当稍纵即逝的一瞬企图用力量侵吞你的脚印时，那缕阳光会迫不及待地把它的爱映入你的心房。正如那场在童年记忆中模糊的游戏，你的心也是如此。

若你的心也能如歌般高唱那首被光阴打乱的曲调，那该多好。

当一扇窗瞬间关闭时，另一扇窗将很快为你开启。

当上蹿下跳的尘埃企图用力量覆盖你的成果时，那缕阳光会马不停蹄地把它的爱送入你的心房。正如那道在青葱的岁月中半掩的门，你的心也是如此。

若你的心也能如壳般敲碎自己，袒露果肉，那该多好。

荆棘

当浩瀚的云雾扭着婀娜的身姿亲吻大地的时候，它绝不会因疼痛而忽略荆棘的存在，更不会唐突地施加于别物双倍的宠爱。

因为爱心泛滥造成的空洞是荆棘所不能弥补的。

它既是丛林之刺，也是渺小之刺。

当翱翔天际的鸟儿拍打着疲惫的身子寻找栖息之地的时候，它绝不会因疼痛而放弃荆棘之果，更不会冒生命之险飞向遥远的温柔之乡。

因为盲目抉择所造成的错误是荆棘所不能承受的。

它既是丛林之刺，也是生命之刺。

当奔腾的溪水怀揣着梦想奔向宽阔的大海的时候，它绝不会因疼痛而绕道远行，更不会因前路漫漫而恣意流失自己。

为半途而废所造成的后果是荆棘不能容忍的。

它既是丛林之刺，也是鞭挞之刺。

当崭新的公路从它的身躯上碾压过去的时候，它会因枝丫的离去而泪如泉涌，但绝不因挫败而萎靡不振。

它的根会在岁月的疗养中倔强地四处蔓延，直至在公路的两旁，在彼此的荫中相互守望。

它既是丛林之刺，也是大地之刺。

海的女儿

当她用额头去轻触那只被她握在掌心的虔诚的手时，那堆在尘埃中蹿出的火苗，好像也在跟随她热情的步伐，扭动着婀娜多姿般的身躯。

在那座矗立在海边的小屋里，烟雾和透进的光所交会的力量，好像在迫不及待地要扯下窗户的面纱。

噢！她想做海的女儿。

当她背向大海，在枝繁叶茂的树林里静坐栖息时，那些突兀在大地上交错的树根，好像在指引着她朝向大海的路径。

途中从肩上滑落被荆棘钩破的纱巾，也能感受到暖阳和风释放的爱意，在随风而起的泥沙中跳动着生命之舞。

噢！她要做海的女儿。

当她坐立海边的岩石上凝望海洋的彼岸时，那些用生命谱写和弹奏的曲调，好像能驮着这翻腾的浪花漂流而去。

抑或是她用身体和知识沉浸在浅滩里共铸的思想，能化作掌控帆船方向的某根绳索，迎着光的方向一同驶去。

噢！她成了海的女儿。

人间大道

当一片枯叶笔直地降落到青草地的时候，它并非骄傲。它为了梦中的那片青草地，甘愿化作墙院的影子，挡住人间的艳阳天。

当一片枯叶平躺着飘落到一堆枯叶的时候，它并非气馁。它为了梦中的那片肥沃的大地，甘愿踩着四季轮回的印迹，在烈火熊熊中燃烧自己，然后再借助雨水的力量，渗透到每一片土地的细缝之中。

噢！这是一条尘埃铺就的人间大道。

当一滴水珠热情地在树叶的掌心欢跳的时候，它并非欢乐。它只不过命中了人生向上的机会，才得以在命运的驿站停歇一会儿。也许在阳光抚触的瞬间，它连着它的梦将化为乌有。

当一滴水珠悄悄地从树叶的背面滑落的时候，它并非痛苦。它只不过抓到了人生向下的那张盾牌，在犹豫中投入大地的怀抱而已。

如果牺牲是为了成就另一个大我，痛苦又何尝不能滋生快乐呢?

如果坠下是为了抬高众生的梦，搅拌着泥沙成为垫脚石又有何妨?

噢！这是一条用成全铸造的人间大道。

当一块石头从众多的石头中掉落的时候，它并非离去。它只是沿着那条已有的路滑行，也只能奔跑到那条路的尽头。它从未停止，也从未超越。

当一块石头滚落到众多石头中的时候。它并非回归，它只是在众多的影子中沉默，但它从没有消失。

如果沉默能寻觅那座桥梁的身影，底下的河水又何尝不能高奏尘埃之歌?

如果能用坚硬的身躯勾勒柔软的弧线，伟大又何尝不能从渺小中滋生?

噢！这是一条用团结铸就的人间大道。

海上的碧波

当你借着破晓的微光，踏上人生的那条小船，独自划到海上的碧波里时，你是否因触到那久违的碧波，在碧蓝的苍穹下欢欣不已？

或许你从不担心那片搁浅在岸边，因波浪的拍打而坠入浅滩的危险，那何尝不是借助天空的晕染，才得以抬高海岸线的一潭春水呢？

你在此能收获什么？又能失去什么呢？

朋友，借一条渔民的舟吧！

在风轻云淡时轻装简行，请开足你的马力，与海浪在逆行摩擦的较量中远行。

请相信海浪在较量中就此减弱，它既不会抬高岸边的海岸线，也不会推动着你远行。

请相信你是借着渔民的舟飞奔此地，但你无须把舟装满。你只需在碧波的中央，小心翼翼地把人生的那条小船装上，在黑夜来临之前离去便可。

绽放

一滴水虽不搅乱黑夜长空的宁静，却能在空旷的峡谷搏击大地的心跳。

被孩童掷入杯中的海绵球，纵使在密封的空间里来回奔跑，没有那滴水的滋养呀，跳动的心也将很快停下。

它不在杯中绽放，便在杯中消亡。

一束光虽不能照亮漆黑的夜空，却能在摇曳中把风的热情延长。

被捆绑在篝火下端的那条棉线，纵使围着笔直的木棒跑了几个圈，没有那束光的指引呀，激动的心也将很快冷却。

它不在影中绽放，便在影中消亡。

一束花虽不能把世界装扮得姹紫嫣红，却能衬托一个行者生命的漫漫旅程。

被根茎决定方向和高度的那束花呀，虽没有经历被刺扎入的痛苦，却被时间鞭策着成长，再从花间长出硕果来。

它不在苞中绽放，便在苞中消亡。

界线

物是有界线的，不然它怎会在无形的波动中，衬托出高大且清晰的形象呢？

瞧，在烟雨飘摇的寒风中，从农家的烟囱里腾出的那缕浓烟，也在努力地保持着它的界线，好以此辨出它与云雾的不同。

就连静立在岸边的那杆路灯，也在河流奔腾不息的喧闹中，控制着它在黑夜里的界线，好以此分出它与烈日的不同。

还有那堆砌在岸边的石梯，即使在沉默中遭受着波浪的冲击，它的基石也于岁月中保护好它的界线，好以此认出它与大路的不同。

朋友，你千万不要因声音能穿透那堵空心的围墙而欢呼，或者因欢呼而跨越围墙的身影而雀跃了。如果你不能在人生之旅中画出思想的界线，那么一切被虚无拖长的东西终将逝去，躯体与傀儡又有什么不同呢?

挚爱之花

在一阵悠扬婉转的歌声中，在一个风和日丽的季节里，那朵挚爱之花便在优雅中绽放了。

彼此倾吐，彼此交融。

或许历经岁月的洗礼，各自便在摇曳中露出了秉性的棱角。

原本露珠是从叶的边缘滑落中心，也是沿着花瓣的顶端浇灌其心的，要不在风雨残酷的吹打中，它们怎会在抉择中统一方向呢？那正是根所希望的。

不在彼此的荫中生长，却在彼此的荫中绽放。

又或许棱角在时光的打磨中，更加聚拢自己

含苞待放的花蕊，或者在逢春的时节播下自己的种子。

原本光是从花苞的间缝透进的，种子也是从土壤的缝隙破茧而出。要不在寒冬的肆虐中，它们怎会在静默中团结一切力量呢？那正是爱所希望的。

不在彼此的荫中生长，却在彼此的荫中绽放。

云与雾

云与雾本是分开的，当它们决定一同前行的时候，生命一定赋予了它们特别的意义。

雾在冗长的峡谷上方翻腾，它多想联手这潺潺的溪谷，趁明媚的阳光来临前，一起开拓这辽阔的疆场。它不想成为填补空洞的影子，附和着微波荡漾的所有梦幻。

云在空旷的平原上方翻腾。它多想联手这随风摆动的青草，趁明媚的阳光落山前，一起铲除这挺立大地之上的枯木，好让它们在掌间合二为一。它不愿做山峰之巅上的那片云彩，满足人们对所有成就的想象。云与雾原本是分开的，当它们决定一同前行的时候，生命一定赋予了它们特殊的使命。

大地之根

当天空给大地镀上一层金黄时，此时的根是无须多虑的。

它的枝干或许会在公路的两旁摇乞呼应，彼此守望，抑或在浑然一体的霸气中仰慕着造物主。

但无论如何，此时的根都是无虑的。

它只需对大地稍有回馈，对风摇摆，对雨怀以虔诚的心品尝即可。

它们既在相互成全，也在相互欣赏。

当时光给大地镀上一层金黄时，此时的根无疑是苍白的。

它或许会在成长的过程中把自己深深地扎入大地并四处蔓延，抑或把躯干伸到高空触摸云彩。

可谁又能抗拒年轮的制裁，沿着相反的方向行走呢?

但无论如何，此时的根都是苍白的。

它唯有引燃四处飘落的枯叶，用行将就木的豪情席卷天边的风暴，再携意犹未尽的激情将天空晕染得通红便可。

最后跟随雨水的步伐把灰烬浸入大地。

它们既在相互牺牲，也在相互成就。

当群星闪耀时

——致白衣天使

我们在这片历经劫难的大地上摸索着。当无知的贪婪从璀璨的星空陨落时，大地的一隅不免遭受撞击，甚至流血。

但请您务必相信：这只是众多劫难中的一部分。

在正义与邪恶的斗争中，我们从信念涌出的力量会使您的伤口愈合，我们从灵魂滋生的智慧会抚平您心灵的创伤。

相信吧！我们对这片家园的热爱早已融入骨血。

当群星闪耀时，我们要敲响时代的钟声，威慑一切前来冒犯的造访者。

我们在这片饱经风霜的大地上生活着。当夹杂邪念的心魔从潘多拉盒子里挣脱时，悬在人类头顶上的达摩克利斯之剑也不免瑟瑟发抖。

但请您务必相信：纵使四处蔓延的火星把您的躯体灼出空洞，在水与火的较量中，正义不仅会沿着水流的方向把它浇灭，也会借着风的力量把它的烟雾吹散。

相信吧！这是民族赋予我们永不磨灭的斗志。

当群星闪耀时，我们要高举时代的旗帜，奏响五千年的赞歌。

我们在这片历史悠久的大地上前进着。

我们不是炮火洗礼的开拓者，也不是继往开来的后继者。

我们是肩负使命的守卫者。

我们也像先辈那样深爱着这片大地——这片在浩瀚的夜空中闪耀了五千年的历史文明，这片在时间的长廊里沉淀了五千年的辽阔版图。

当群星闪耀时，我们要高举时代的火炬，照亮后继者前赴后继的道路。

湖面

湖在成为湖之前，它是游子的梦，怀着奔放的步伐冲破路途的禁锢到此相聚。

它们渐渐在疲惫中放下戒备，在平静中拥抱彼此。

此时的湖面哟，静得只剩下破晓的微光在湖面乏力地跳动着！

湖在成为湖的时候，它是游子的影子，一切都在暗涌中储蓄着爆发的能量，就连淅淅沥沥的雨点也被其毫无声息地吞蚀。

是的，它在储蓄着跨越岸边岩石的梦。

此时的湖面哟，静得连涨潮的痕迹都无从寻找！

湖在成为湖的时候，它是游子的镜子，一切都在浩渺的烟波中飘荡着，凝聚着……迫切地寻觅着湖面的边界，以图恰到好处的施舍。

是的，它在昼夜不停地打造那块能抵抗烈日的暴晒，也能阻止自己挥发的镜子。

此时的湖面哟，静得能听见倒映岸边的树枝的呓语！

湖在成为湖之后，它是荡漾在游子心中的一摊淤泥。

当蓄势待发的能量冲破岩石的防线，淹没那片挺立岸边能装饰心中的梦的丛林时——

当时空划破那面镜子，水珠沿着镜子的边缘挥发时——

此时的湖面哟，微波接着微波退去，岸边只留下烈日暴晒的开裂的印迹！

相反的方向

你是否因身体的晃动惊扰了大脑的想象力而烦恼，陷入幻影的双眼怎能准确无误地把实物投在原来的位置上呢?

站在原则扼守的那条大道中央，是否能守住性格的两个维度呢？抑或是跨越灾难的鸿沟的阻隔。

当价值被某种急于透气的刻薄横冲直撞时，你不妨敞开胸怀去展示生命的密度。

某种贸然接近你生命的东西是不会倾吐生命的美的，它妄图共享你的血液来净化心灵。

如果厌恶的感觉没有直抵心里，你就用称赞的言语形容它吧！因为这是一个左右摇摆的影子。

当灵肉结合的力量不能围歼企图侵吞一切的

赘生物时，你就沿着相反的方向剖析它的见解吧！

其实生命有了光与影的点缀便能恰到好处地展示完美的形象，想象也能在逻辑的支撑下大放异彩。

某些时候，决定气候长度的是陷入地心的能量，可谁愿意袒露储存希望的地窖于凛冽的寒风中呢？

就让你的怒火在桎梏中尽情燃烧吧！原本枯竭的水源已映不出你咆哮的影子，唯有燃烧！

夹杂在两者之间的痛苦是不能使两者分离的，当然，也不能使两者愈合。

某种烙在你生命边缘的痕迹，即使你从生命中心打磨也无法除掉的东西，那既是你的污点，也是你的经历。

你在幻想之中打开的那扇通往幸福的大门，尘埃却时常在酝酿着哀伤的氛围，你能平衡两者砥砺前行吗？

心与魔的较量并非冷水所能浇灭的，也并非篝火引燃的，除非你能挣脱这令人窒息的梦魇。

意识若是能从晃荡的影子中画出一张自己的肖像，那么，又有什么能耗尽它的活力呢？

朋友，若你在事物的局部看不到角度与立场暗中较量搅起的浪花，并不代表一切平静了，或许它们在沿着相反的方向酝酿着一切。

某些时候，你徘徊在门前的身影并非被你的心智所阻，而是因残损而未悟透的另一半，从屋内释放的气氛恐吓着你。

劳作的产物

或许不倒翁是因怀着某个单纯的愿望来回弹跳，它的身体才不至于倾倒在地上的吧！

躯体与精神若不能站在平衡的制高点并肩前行，那么，它们唯有蜷缩在彼此的影中互相安慰了。

语言或许掩盖着真相，就像某片落叶遮掩的地方，但风没有，风是通过吹走落叶而使大地裸露的。

你的痛苦并不是伤口造成的，伤口是一处因锻炼便可愈合的地方，而痛苦是因随行动荡起的激动并没有随双脚平息。

峰与峰的联系既左右了风，也为难了自己，何不静立世界的两端，听一曲潮水奏响的凯歌。人亦是如此。

当你积聚全身的力量也不足以熄灭盘绕你心中的那团怒火时，你无疑是从太阳之中获取了黑暗。

随灵魂四散开来的光波，若不围绕着生命的中心发光发亮，又怎能穿过被生命荡起的尘埃再次聚拢呢？

朋友，所有模仿你的事物从不在你的影中劳作，亦不曾从舞动中散发出与你心灵相契的产物。

某种在瞬间复活死亡的东西，并非缺少了连接两者之间的物质，而是棱镜阻断了使其背面栩栩如生的光影。

如果一只手所撼动的力量并不能使生命的双翼腾飞，你不妨双手合十高举过头，用双倍的力量引导你偏离轨迹的生命。

你裸露在外的伤口又何尝不是修复心灵的伤口呢？那是一处既能注入能量又能打开眼界的隐形之管。

游荡在你内心深处的那艘独木之舟并未在世间的河流之上行驶，那是萦绕你心头的那团乌云造成的。

倘若开启你希望之门的钥匙是从邪恶之花中提炼的，你又何须躲在向阳之处暗自垂泪呢？

如果离人心最近的是太阳，居于两者之间的是巢穴，自由之鸟会飞向哪里呢？

任何扭转败局的措施都是徒劳的，若不是心之所致，谁又能引燃瞬息万变的火花呢？

但愿梦幻所踏遍的地方不是生命之重的总和，这既是地球不能承载的重量，也是人类不能跨越的宽度。

思想的火花

透过窗户映入眼帘的那堆篝火，若不能拨动你沉寂的心，你就把空杯斟满，映出向死而生的影子吧！

若你的心未被禁锢，就勇敢地伸出那双自由之手吧！在同一个实体里温存，它们一定会在某个协调的交点碰出思想的火花。

衔接未来与过去的是一个回忆的怀抱，既不在梦里，也不在现实之中。

你映在大地上的那幅肖像消失之前，你能对它说些什么呢？也许你只能在夕阳中拥抱自己了。

能打断你陷入冥思的一切插曲便是痛苦，那种零碎的片段既不能点燃人间的烟火，也不能挣脱精神的禁锢。

倘若一切静立十字路口的专制并不能把你的灵魂拍入惊涛骇浪中，那么，又有什么能阻挡你向往自由的身体呢？

当你的崇拜溢出那盏闲放的空杯，你能拿什么填充它呢？反正那沾着尘埃的重量也不足以支撑它的骨形了。

你于梦幻中所预见的一切，既是你闭眼之后愿望被炽热灼烧的画作，也是你睁眼之后被现实放在显微镜下的缩影。

朋友，是什么使你迫不及待地登上你停放心灵港口的那艘渡船呢？没有两颗心灵的碰撞，你是不能轻易到达彼岸的呀！

我们未在时光中言说的一切，见解总是跃然纸上，那是思索流经空洞，再从身体溢出的源泉里提炼的。

借助黑夜的微光独自摸索爬行的人，虽不能除去烙在大地上模糊的印迹，却也与跳动的永生交相辉映。

寂静在寂静中孤单着，也在寂静中跳动着，透过被时光遗弃的那道门，水与火在互相抗衡着，于水中寂静，于火中跳动。

梦从不相忘于黎明，也从不断忘于记忆，那是一个随身体匍匐前行的影子，夹杂着冷漠，也夹杂着热情。

纵使海浪迫使你与你的灵魂分离，朋友，只要你的灵魂不随落入漩涡的腐尸消失，荣誉编织的桂冠也会追寻你的踪迹。

奔跑的雨滴

被雨水浸润过后的清晨，万物俱寂，一切都显得这么明净透亮。

水滴屏住呼吸，顽强地抓住那片它豁出生命才投中的树叶，即使温柔的晨光把它装扮得晶莹剔透，它也不敢炫耀。

不是所有的水滴都这么幸运，有的成为尘埃奔向远方的棋子，被它包围，于奔跑中被吸收，直至消失。

就连掉落伞顶的雨滴也在匆忙的移动中悲伤得不知它的家在何方。

伞下的我们也是悲哀的，不敢正视烈日的眼睛，也不敢接纳狂雨的洗礼，在路上也未知路的尽头。

途中，那些历经沧桑变化和岁月洗礼仍不忘感恩的雨滴，终于在漫长的道路上汇集，在某个路口奔向远方。

也许在奔向远方的它们途中会有分歧，在某个悬崖犹豫，在某个漩涡打转，最终它们还是奔向生命的归途里去。

瞧，和风吹拂的水面上，岸边的水草也激动地弯下腰，亲手送去最温暖和轻柔的祝福。

于是，它才实现盘踞它心中喧闹的梦，载着每条小舟摇曳在它的路途上，欢快地，疾驰地……

舟上的我们却是迷茫的，既不能捕捉阳光洒在水面闪闪发光般璀璨的梦，也不能倾听藏在水底之下那深沉的古老的言语。

最后，那些经过大浪淘沙的智者、气喘吁吁也不肯停步的勇者和不甘平庸的慧者手拉手融入奔腾的大海。

在追逐的梦里，现实是口复杂的大染缸，在搅拌中晕染，水也在熔炉里沸腾着。

瞧，那在海边嬉戏的云雀也被这突如其来的海浪惊回了巢边，它们徘徊着，又在烟雾的掩护下踏上新的征程。

于是，盘绕在雨滴心头的那场繁华的梦才初显端倪。在路灯和车灯的照射下，矗立大海上的桥多么引人入胜，令人陶醉呀！

桥上的我们却是迷茫的，既不能透过灯光仰望那浩瀚的星辰，也不能绘出一幅此时此刻的风景画。

两者之间

在精神满溢的那块稻田里收割，你既不能把偌大的箩筐装满，也不能让勤劳的双手落空，应让你的收获介于两者之间。

在杂草丛生的那块土地里播种，你既不能把种子撒得太多，也不能把杂草斩草除根，应让你的劳动介于两者之间。

在求知的那条宽广的道路上行走，你既不能阔步前行，也不能在知识的海洋里沉默，应让你的探索介于两者之间。

在正义高筑的墙院里犯错，你既不能让泪浇灭心中的怒火，也不能把无知举过火焰的头，应让你的惭愧介于两者之间。

在狭窄的领域里搜寻，你既不能让目光低于

耸立的塔尖，也不能让好奇在洪流里淹没，应让你的专注介于两者之间。

在宽阔的海洋里潜行，你既不能让速度超越翻腾的海浪，也不能让距离窄过海洋的宽度，应让你的航程介于两者之间。

在漫长的守望里等待，你既不能让岁月爬上额头，也不能让炫动的尘埃包裹你的热情，应让你的执着介于两者之间。

在贫瘠的土地上施肥和浇灌，你既不能让水冲淡肥料的功效，也不能让它吞噬庄稼的根，应让你的智慧介于两者之间。

在空洞的碉堡里创作，你既不能让思想塞满寒风穿透的洞口，也不能让身体在寒风中僵硬，应让你的灵感介于两者之间。

在浩瀚的夜空里仰望，你既不能让陷入冥思的头在星空的炫动中惊醒，也不能让紧闭的双目感知心灵的涌动，应让你的沉思介于两者之间。

在嘈杂的环境里聆听，你既不能让心跳的频率超过分贝的羽翼，也不能让摩擦的火星侵吞声源的根，应让你的意志介于两者之间。

在拥挤的道路上奔跑，你既不能把时间的步伐置于队伍的前端，也不能把赤裸的灵魂抛在队伍的后面，应让你的思想介于两者之间。

在迷茫的十字路口抉择，你既不能让身体听从心的呼唤，也不能让心屈从自由的意志，应让你的明智介于两者之间。

在广阔的原野上跳跃，你既不能让弹起的尘埃越过头顶，也不能让头顶触摸苍穹的弧线，应让你的热情介于两者之间。

在坚固的城堡上征服，你既不能让欲望的火焰蹿出城堡，也不能让辛劳的汗水将其浇灭，应让你的倔强介于两者之间。

在胜利的浪潮中鼓掌，你既不能让主见汇入平庸的浪潮流向远方，也不能被赞扬的声音停住脚步，应让你的真诚介于两者之间。

紧握的角落

一盏灯所能照亮的只是某个路口的距离，它的重量是我们所不能携带的，若能照亮你的心，终点也必能明亮。

敲击你灵魂的或许是一根从天而降的羽毛落地时的力量，使你的灵魂清醒的却是它被岁月掩埋的痕迹。

撼动你笔的只是时间的手无心撬开的那条裂缝，你却在空白的纸上摇曳着你的梦，却未曾拧紧早已疲惫的它。

往往我们为理想而留的那把椅子是空荡荡的，足迹也未曾在孩童时奔跑的那条路上行走，忙碌的双手握住了什么呢？

闹钟无论怎么转动，四季脱去的外衣也未曾

抖动自己的尘埃，却被蜘蛛编织的网尘封在岁月的角落里。

耸立山峰之巅的那座摩天轮即使再高，它用生命铸就的屋宇不也牢牢地扣在生命的中心，小心翼翼地围绕地球而转动吗？居于屋中的你凭什么因发怒而跺脚呢？

从你的指间滑落的那本烙有智慧的厚厚的页码的书从未映入你的眼帘，或许你会被它砸中的伤口触动你疼痛的神经而惊醒吧！

若你用忙碌筑起的那辆轮子未曾让你奔波在自己的行程上，或因超宽而卡在半路上，你用什么来修筑它呢？

为何在你杯中摇晃的那半杯水总不能浇灭你蕴藏在黑暗之处的怒火呢？难道它缓慢前行的路不曾围绕你的杯吗？

窗外，当那一阵微风惊醒了你的情绪时，或许你应该仰望破晓的天空或夹风而来的巷道了。

倒映在你空荡的餐桌上的影子本应是大地树立的形象，无奈你下弯的身躯独自映在你饥饿的盘里。

从夹缝里穿过的那颗火星一定是从某个炽热的心里发出的，所以它才不会回归孕育它生命的壳里。

若跨越你生命的桥不曾耸立奔腾的大海的两端，坚固高大的船又怎能在你心中畅通无阻地航行呢？

支撑你生命前行的或许是一根竖立大地之上，即使风吹雨打也不曾倾斜的大树，枝丫是你们之间的枢纽。

旗帜飘扬的地方或许不是人们仰望的方向，但一定是人们沿着正义的道路行走到终点所映照的光辉岁月。

命运的跳板

人生的旅行总是围绕自己的半径行走，剩在模型里的那一半或许是你腾飞的跳板，又或许是致命的深渊。

随月亮的足迹行走的是你双手捧住的桃花，并非映有你轨迹的影子，亦不是你跳动的心。

玫瑰因其花朵的根部注入爱情的心而被热恋的人所追捧，只是孕育它的全部土壤和滋润它花朵的水滴都不能使其永恒，唯愿成为爱的标本沉寂在角落里了。

一滴泪不足以承载你的哀伤，也不足以冲净你满是血渍的伤口，唯有增加你眼睑的重量了。

一根针不足以穿透你用岁月在年轮这本书上不断增订的厚度，却足以穿梭于你手握年轮的指缝间，面对是唯一的抉择。

流淌在你门前的那条小溪其实是岁月烙在你额头上的痕迹，只是你因忙碌而不肯静心地观看它的变化罢了。

若沁入你心脾的芳香是从花瓣的根部释放出来的，那么它的美一定浸泡在阳光里沐浴。

一根线不足以穿起你在危险处行走缺失的防护栏，却足以穿起你因幻想而用绚丽的色彩编织的那顶桂冠。

你用油漆匆忙地喷在墙上的鲜红的心不可能钳入墙的骨髓里，它会因高调而流尽，因虚假而消失。

悬挂你头顶上方那随风摇摆的蛛网也在顽强地等候它主人的回归，你为何为了美观而毫不犹豫地把它一扫而光呢？

映入你眼眸的那堆火原本是火星梦寐以求的梦，你唯有用它照耀你前方的路寻求大我才能弥补它的缺憾了。

你用假发设计的造型虽使你的外形神采奕奕，可它却成为你前行的负重，在繁杂的赞叹里遮蔽了你求真的眼睛。

若你能用柔软的身姿在那坚挺的山峰间荡起一道亮丽的风景，你又何须用昂贵的首饰装饰你的灵魂呢？

那因相遇而互相交融晕染的两根用真情浇注的线并没有因消失而哭泣，反而因团结而不断欢欣地奔腾着。

那朵游荡你镜中的蘑菇云是从大地的湖中搜集的，愿它不要化作镜上的水滴模糊了你的视线。

模糊的画卷

阻塞你耳朵的若是你的手指那该多好，心会平静得犹如一潭湖水，手也不会跟随躁动的舌头比画着，奈何你的心中没有一处支撑手腕的平台。

平原之上，那裸足交叉前行的人儿哟！你足下荒芜的沙粒也在鼓舞着路边的树叶轻拂着你，你可曾知道呢？

若我们的生命里没有支撑格局的骨架，无论走到哪里，无论倒立或站立，四散开来的影子都会与它们重叠。

大雁南飞的湖面，那扣人心弦的声声笛声哟！也许在诉说离别的思念吧！黄昏之下也不肯离去。

路在默默地延伸中成就了雄伟的自己，人却在高调的寻找中迷失了自己。

是谁摇曳着窗台上那束花的梦？或许是那盆养育它却不曾见证它盛开的泥土吧！这是一条艰苦且复杂的路。

在岁月里不断攀爬的那根藤若不曾爬过你的围墙，在行走的路上，你该拿什么去丈量那道精神世界的门呢？

雨后，那几只在树上叽叽喳喳的鸟儿是否在寻找一条被大雨抹去痕迹的路呢？唯有它们的羽翼能辨出方向了。

我们为安全加固的那道网不也是使我们失去自由的网吗？系在木偶身上的那条线，我们该怎么扯动才能使它保持平衡呢？

你丢弃屋檐下的那根木头虽未被雨水打湿而成一段空心的槽木，它的心却被烈日灼得发烫，足以点燃一场欲火焚烧的激情。

见证你成与败的并不是你脚下的足印和心跳声，而是瞬间就能照亮你全部的光。

在寂静的夜晚里，璀璨的星空也在极力地装扮着枯枝的梦，徘徊在十字路口的你为何找不到人生的方向呢？

也许成就你辉煌的那粒种子不是在它盛开的季节里绽放的，没关系，只要是滋润你心房的泥土和雨水浇灌的就行。

瞧，即使有雨滴的滋润，海水还是不忘灌满它筑在岩石的家，你用木棒敲击的声音又怎能探出它的一往情深呢？

岁月描绘的是一幅历尽沧桑也仍神采飞扬的图，奈何你描绘的轮廓里呈现的却是一幅模糊的画卷。

精神的食粮

使你的精神食粮瞬间从紧握的手间滑落的并不是出神的梦游，而是陷入睡梦的沉思。

贯穿生与死的那道门从未超出自己的界限，也从未回避自己的责任，愿生不要恐惧它，也愿死不要无视它。

在地平线上跳跃，不需测量高度的尺子，一切在循序渐进的欢声中进行便可。

当我们不能增加生命的分量时，唯有在平庸中哀叹；当我们不能测量生命的长度时，也唯有在时间里哀叹，我们还能做什么呢?

用花朵装饰外表之前，唯有用枝干鞭策身体，用花蕊武装头脑，你才能与之争奇斗艳。

愿你的咀嚼是在甜和苦中交替进行的，品味也是如此，因为前行的路上，平原或小道是不足以埋藏众生吐出的残渣的。

在枯枝底下重获新生的嫩芽并不足以在润土深邃的呼吸里生长，而是从埋葬根的灵魂的盆里挣扎出来的。

朋友，你不应让你的肠胃贪婪地吞食着精神食粮烙成的饼，脆弱的苍白又怎能消耗生命的大我呢？

你因逃避而寻求的避风港，生命是否会随坠落而掉入深渊呢？但愿那因坠落溅起的水花能在生活的背面悟透了你的一切。

如果争执在你心中荡起的怒火波及了你整个的生命，无疑你要么在生命中重获新生，要么在生命中死去。

那条映入你梦中的彩虹，是否在色彩中侵吞着一切，难道是为了与远在天边的那条取之于民、用之于民的彩虹相媲美吗？

众生在深夜搭乘的那趟末班车，虽呼啸着穿越了时光的隧道，奈何满载的心思也无法勾勒灵魂的棱角。

纵使每个被细胞分离的心思都在努力寻求着精神的黏合剂，奈何原始的模型也无法容下它们膨胀的躯体。

沉浸在幸福的遐想中，但凡生命所需的一切，精神都能满足，精神所需的一切，生命却需幸福填充遗缺的角落才能完成。

是谁在煎熬着那颗早已归于平静的痛苦的心？难道是那盏为捍卫光明，在漆黑的寒风中坚守的灯吗？

炫耀的虚线

人生亲自装订的那本厚重的字典虽未被你时刻捧在手里观看，它却是你负重前行的行囊里必不可少的东西。

在你设计的镜头里，云雀是展不开它的羽翼的，因为你因微风颤动的心灵里，一切的路都在影中相撞了。

若永驻你心里的那条河能渡过赶路的马儿和悠闲的旱鸭，那么它必能渡过那朵在水中打转的花儿了。

你瞬间抓拍的镜头不过是从它的影中剪辑的，也许那一瞬的神态会惊艳了你，它却不会敲击你的灵魂。

踩着滑板前行的人纵使技艺精湛，神态百出，不也还是依靠滑板撼动世界的，并非他的身体。

那蹿起的火苗若能瞬间吞噬你为生命而留的那扇大门，你是否还为选择而踌躇不前或为逃命而抛弃一切呢？

你因好奇而留的那道缝，若它随风而进的声音不能给予你精神的养料，射进的光未能使你麻木的心苏醒，那么那道缝能让你收获什么呢？

精神能收获的唯有随不卑不亢的姿态的眼睛平行望去的，它并不会随仰望而收获什么，也不会随你的俯身而失去什么。

若你在心中播种的那粒种子因太过热情，以致它的浓荫遮蔽你的双眼，朋友！那么你就与它仰望同一个方向吧！踩在它的起点上。

你因满足食欲而使劲剥离的壳是从它的中心生长的，你若没有直视中心的眼力，那么你无疑将为那一地的细屑徒增烦恼了。

倘若在一个微波粼粼的早晨，你的脚印能跟随那追逐的波浪踏过每寸因遗忘而干裂的土地，我想那站立枝丫上的鸟儿也会因赞颂而拍打羽翼的。

为何你加固在半山腰的那段木头未能作为你攀越巅峰的跳板或防止你坠落的救命稻草而存在？难道它偏离你生命的轨迹了吗？

为何你为宽阔的河道撑起的那盏灯未能照亮你前行的路或让拥挤的河道变得通畅呢？难道那是一盏因摆设而设的灯吗？

为何你为队伍而划定的那根线未能让队伍整齐踏步或光荣而被铭记？难道那是一根因炫耀而设计的虚线吗？

为何你为前行的道路上方挂起的那排伞仍使你负重前行或未洁净你复杂的心情？难道那是一场能穿透心灵的雨吗？

方向的分歧

转化犹如系在两端之间的线，因扯动而挨近的距离并不会导致彼此相融，因扯动而拉远的距离也不会导致彼此断裂。

赐予与施舍都是善良的手中所握的东西，左手愿赠其所有，右手只赠其一半，另一半唯有找寻才显完美。

不可否认，那在时间里干瘪的橙，它的蜜汁曾浸入我们的心扉，我们却未曾牢记它的味道；它的皮曾浸入我们的汤汁和药里，却未曾深入骨髓，在昂贵的价目表中我们都瘪了。

是什么使你双目紧闭，陷入沉思的大脑失去斗志了呢？难道是那冒充舒适的枕按摩你的神经直至麻木吗？

廉价的金属不能置入受邪恶支配的熔炉里锻造，情愿剥离锈迹的外表，也不愿在化学的烟雾中造就万能的它。

若在你哭泣之前，你并不知泪是廉价的，那么在你哭泣后，它必能洁净你的心灵，但不会抹去痕迹。

被雨水灌满的通道里，我们虽不能独自前行，但我们并没有坠入深渊，因为我们曾在被它冲得锃亮的阶梯上站立。

不可否认，那颗被蠕虫蛀食的米粒曾是一窝稻谷的种子，也曾是一窝稻谷里的一粒，脱掉外壳的刹那，它唯有成为独自的个体。

你用愿望筑起的那片自由之花若开不出愿望之果，那么在被天空围绕的世界里，什么样的羽翼能飞出它的笼子呢？

迷惑从不真诚地歌唱它的心声，在众生寻求享乐的路上，它从不责备，在众生误入歧途的路上，它也从不引导，它总是小心翼翼地守住它的宝藏。

是的，为密封宝藏而挖的那座深坑里，枝丫不易外露，但被回忆侵蚀的空气里，懊悔却能引火自焚。

纵使你在醒时犯下的过失让你在迷茫的夜晚备受折磨，可在收获的季节里，谁能安慰你成熟却空洞的思想呢？

纵使你身前的那一摊水不是你内心深处的欲望搅浑的，但它最先的微波却因你跺脚的力量而起。

你用笛子在口中吹奏的那首歌早就在你母亲的心中吹奏了，在伟大的爱里，灵魂能晓知心灵的一切。

在探索中，你或许会发现维护生命的河流是从善与恶的源泉里溢出的，虽奔向同一方向却有分歧。

漂浮的线

雨滴的爱哪有恰到好处的呢？一切都在身不由己的分离中消失，在意犹未尽的滋润中干涸。

划分未知与已知的只是一根细柔的线，并不是一条河流，因为那根能漂浮河流上的线也能在你心中漂浮，那条能在你心中流荡的河流却不能在自己的影中漂浮。

在你的屏幕中，使所有的精彩纷呈瞬间归于寂静的不过是你手指轻轻的触动，而在现实中，使一切归于寂静的唯有生命之源。

一切介于真实与虚假之间的晕染从不以颜料的种类来辨别，而是以它在时间的炙烤中所释放的味道辨别的。

不要去看残疾人单手撑起的水的重量，因为

那样的水花即使再平静也足以沐浴他的身体，滋润他的心灵。

从你头上一跃而过的浪花是从静与动的蜜罐里酿造再抛洒的，它们齐心协力地奔向同一个地方，从不受任何诱惑而停留。

指引犹如一颗坠入雾中的珍珠，借助外物深藏自己，或许只有寻到从它为心发出的光才能找到正确的方向吧！

疲惫是生命的终点，也是生命的起点，随生命延长的那条线上，它自始至终都奔跑于生命的两端。

看似相近的物体不也在运动中拉开了它们的距离吗？万物的心不是人间的皮尺可测量的，也不是人间的秤可称量的。

企图用屋檐遮住时代的巷子的瓦片即使再怎么努力伸展它的怀抱，终唯有在它孤独的歪斜的影中自怜了。

好奇从未有把它的脚印烙在一条未知的路上的本领，唯有探索，那是一盏不曾高挂长空却照亮大地的灯。

指引方向的是一根羽毛，拓宽道路的却是众多的羽毛，职责划定的界限中，质量与数量在风雨中互融着前行。

那群在阁楼上方惊慌盘旋的云雀或许是从道路尽头那守护道路的碉堡里逃出的，是转动的齿轮吞蚀了碉堡的棱角，也惊扰了云雀的梦。

你用执着在迷茫的路上烙下的足迹虽会被失败拉得很长很长，没关系，当你站在被曙光眷顾的尽头回望时，这也是一条能伸入你的内心并使之饱满的路。

你用心血浇灌的果树不必太茂盛，因为在浓荫的生长中，你若没有抉择枝丫去留的能力，那便是果实的噩梦。

思绪的转换

当深藏你内心深处的哀乐被某点跳动的火星奏响，那棵拼尽全力挣脱牢网的禁锢，在网外随风自由飘动的小草会被波及甚至灭亡吗？

在海边那簇绚丽绽放的烟花，其实是在孩子的嬉戏奔跑中拓宽它的面积的，要不在拥挤的路上它怎能与浩瀚的星辰相媲美呢？

你用云彩绘制的那顶天花板唯有借助光的照耀才能使你空洞的地上增加光彩，可惜那扇光明的窗早已被你的自私封锁。

有谁不是用心在歌唱、行走和生活呢？在一泻千里的洪水里和万丈深渊的高崖上，我们都曾拼命地拯救过自己，在麻木的躯干上雕琢自己。

我们的大脑也曾装满那错综复杂的枝丫，凋零的枯叶也曾挤压智慧的空间，还好，在春暖花开的季节，鸟儿还是从这枝丫上腾飞了。

即使那年久失修的水轮再衰老乏力，在围绕轴心的转动中，它仍顽强地把这失去又复得的水送到它年轻时打磨的沟渠中流向远方。

你没看见吗，那众多的树也在彼此的队中排着队爬向山峰，你为何要循着雨水的步伐下到河边呢?

是的，你为保护溃烂量裁的那件外衣不可能包裹更多的地方了，但它的边缘会因你的疏忽造成更多的溃烂。

若你用衣角卷起的龙卷风能把你空虚的精神和无力的步伐卷起，你又何须在惊慌中寻找救命稻草呢?

奔跑者哟！你在奔跑中从生命的弓上射向远方的箭早已偏离你奔跑的轨迹了，在旋转的地球上，你该怎么寻找使你生命站立的中心呢?

当你思绪不能顺畅地在两个隘口之间转换流淌，那么你就不要轻易吞下分神酿下的那杯苦酒。

树叶并不是在暴风的欺凌中落下的，而是为了保护被雨水冲刷后那不能直视阳光的裸露的树根。

当你发现萤火虫装扮的星空能照耀儿时因攀爬不能下地而哭泣的那棵果树时，你是否因复燃的希望而穿越此时的迷雾呢?

被烟雾笼罩的那片树林并没有遮蔽你的视线，你因享乐而停留的脚步就不要为了开脱而怪罪它了。

你不要因获取关注在污泥里咆哮了，天地之间，用纯真的心包裹的那场雨即使再大，也未必能洗净你被邪念入侵的心。

瞬间的碰撞

高与低的较量，若不是有马儿做支撑，短小的利刃又怎能刺中盾的心呢？是的，在不平衡的较量中，虚假的声势能吓退一切。

你用力量打造的那把剑若不能在世界的尽头斩掉愤怒挑起的大火，那么你无疑将葬身末日的火海了。

帆船烙在木头心中的是一场遥远的航行的梦，它们在彼此的影中生活着，在靠近岸边的瞬间，它们冲击岸堤的心是一样的。

生命呈现在镜头之内的不过瞬间便可完美绽放，镜头之外，却要穷极一生才能占据那含苞待放的树枝头。

天边那滚滚的乌云再怎么强大，那长空一击的闪电不也逃出了它的包围吗？它也被闪电击得粉碎。

被烈日晒得奄奄一息的花儿难道就能因雨水的洗礼而复活吗？也许吧！干渴的麻雀不也在水塘里欢呼雀跃吗？

掉落树叶背面的那滴雨从不因羡慕正面的雨滴而忌妒，也从不因坠而落哀叹，它只愿活成崭新的自己。

因获取而剥开的壳虽能沿着原来的缝关闭，它因饱满而真实的重量却不是盒子能容下的。

从你镜子飞过的那串气泡何尝不是小的镜子呢？它因碰撞而破灭的短暂的一生，此时把你的背面完整地照进它的生命里。

从拱桥下奔腾而去的河流，它的源头其实来自你的心里，要不在陈旧的桥上你为何凝望它流去的远方不肯离去呢？

横在溪流间的明明是一根糟心的腐木，为何溪水要把那依托它生命的落叶推到腐木上呢？难道是为了让它避开激流的冲击吗？

藤蔓虽借助树枝的支撑搭建起抵挡诱惑的大门，可在时间的光中，它没有把自己约束在门内，也没有挡住门外那偷食果实的手。

喧闹的夜里，若从你窗内奏出的是一支哀伤的乐曲，你不妨循着热闹的足迹，在灯光闪烁的十字路口的高楼里，让它敲响回家的钟声吧！

石头搭建的梯步纵使能让你披着光波的外衣随心所欲地在水中央荡漾你的影子，随光逝去的瞬间，你又能收获什么呢？

被纷飞的大雪覆盖的那面战鼓纵使打不出千军万马的气势，在厮杀中，又有什么能浇灭为正义而战的气势呢？

折断的棱角

即使远离岸边，即使站在岩石的中心而舞，你也要小心被水抬高身段的洪流呀！那因疏忽导致的后果可是无路可退的呀！因为退是在进的脚印中完成的，而进却只能在退的影中完成。

顺着大雁南飞的方向，你应让你的悲凉成为你心中更小的缩影，而不是沿着无限延长的泪痕坠落。

被利刃截成两段的绳索，绳子并不知因何如此，利刃亦是如此，你的心却是知道的。

你为承载更多而一味打造的方桩若不是按照物体的模型设计的，居住其内你能知晓其外吗？

你被岁月烙在指间的那层茧唯有在岁月里褪

去了，消失之前必须从它的中心突破。

孩子捧在手中的那半杯热水虽不会让他们感知热情的意义，却让他们在浓烟的碰杯中看清自己。

使你的肢体麻木的并不是因狭窄而导致你蜷缩的物体，而是你因忙碌疏忽的大脑导致的。

但愿在炉火旁，在你探索的那座庙宇的林中，在通往庙宇的大门开启之前，你的心别被这炙热的大火戴上枷锁而沉睡。

你从身上抠出的粉粒不也曾是填充你生命的肉吗？愿你在人生的起点上能寻获与终点平衡相拥的东西填充它，而非污垢。

若成功高举的标杆从不在正义的影中站立，即使鲜艳的旗子高挂长空，自由的风也不会使它飘扬。

城堡顶头佩戴的那顶桂冠从不在守护它安全的城墙的影中倒立，当忧伤的笛声奏起，谁惊扰了地上被雨滴推开的浅浅的幽梦？

即使被光包围，亦不能诉其心声，即使光被包围，亦不能遮其光芒，唯愿常驻其心，饮其源泉，思其馈赠，方能始终。

白昼用气候编织的那把伞若不曾连接太阳和大雨的神经，在举着那把被天气折断棱角的伞的行走中，你该怎么超脱裹足你前行的外衣呢？

别让镶在你外衣上的珠链在阳光中遮蔽了你的双目，在你下跪抚触大地的瞬间，它会变成伤害你肌肤的石头。

你亲手剥离的果实之皮并没有真正被剥掉，你的手在替换的瞬间成了更大的皮，最后它是在你落空的手中获得新生的。

根基之石

若被果核包裹的心是苦的，你就不要窥察其心而抛其果肉，也不要食其果肉而丢其内心，应让它的肉在心中生长，心也在肉中生长。

人生路上，与你的生命成正比的那条线不也由路上的碎片连接的吗？你为何要努力地抖搂而不把它烙在额头的光里呢？

如果我是一只在花间采蜜的蜂儿，我不会在繁花盛开的季节对花儿歌颂它的美，却又在祭祀繁花凋零的时候默默地离开。

与其窥视别人的，不如审视自己的，难道你用灵魂打造的那两片镜片不足以窥探你的内心吗？它用生命收集的光不曾把你的心照亮吗？

若你的航行是在假山的掩饰下开始的，那么

你就别把那生活的帆扬得太高了，以免紧绑的绳索打乱你的航程。

我们一路奔跑，一路找寻，到头来却发现我们一直在画地为牢的生活着，或许是不曾发现不断重叠的脚印被时间所覆盖而不尽然吧！

被你拦腰斩断，记载你童年记忆的木板早就被你丢弃在尘埃的角落了，纵使修复，你残缺的记忆也不会因此完美啊！

被你一分为二的物体并非只有手能办到，你的脚踏在生命的中心，头的影子倒映其中也可完成，只是物体也把你的脚和手同分两半，而手却是完整的。

若你用肢体荡起的浪花从未淹没你思想的高度，你用思想搅起的浪花也从未淹没你身体的高度，那么在行走的路上，它们唯有单脚踩在线上跳着前行了。

瞧，繁花掉落的水面上，万物也屏着呼吸吸吮它的芳香，在水上划行的你为何喧闹地惊扰了它未来得及盛放的梦呢？

若你为人生布置的格局不足以撑起映入你心中海纳百川的奇境，那么你唯有在命运的拐角处转弯了。

好奇的人，你就别借着探索的名义去拨弄繁花护着的彼岸了，那是它从心间吐露的水滴日夜守护的根基之石，你会吗？

远行的人，你别仗着手中的桨去打探大地歌唱的声音，毕竟被河流阻挡的路上你也是借着它打造的船渡过的，而非你自己。

远行的人，你也别指着为你开辟道路的木棒会探出大地的心声，毕竟被悬崖阻挡的路上你也是借着它编织的藤攀爬的，而非你自己。

地球从不孤单，在转动的岁月里它早已把人类拥入怀中，因为在深厚的情谊里，它心甘情愿地把自己袒露在人类的桌上，并在人们的摇动中转动。

善的边缘

若盘踞你心头的那条河流从不在它的河床里咆哮，河水总把你建在岸边的走廊打湿，那你就别指望人间的光透过树林把它晒干了。

蝴蝶对花儿的喜爱从不像蜜蜂那样，总是吸吮着蜜汁不肯离去，它只在旁边逗留一会儿，甚至舍不得摇醒花儿的梦就离去了。

邪恶用心栽培的花儿即使在风尘仆仆的路边绽放，在阳光下摇曳着躯体，过路的人也不会为之所动的，试问谁会偷窥恶毒的心呢?

绕过沟渠的谈心皆因沟渠而起，你就别因逃避而掩埋它了，撒入泥土的种子，总会生根发芽。

别因公平而反复转动你的手掌了，世间没有

一处因手心的紧握而接住从手背滑落的东西的模子。

安逸和享乐安插在心灵两端的羽毛犹如记忆埋藏深水里的鸡肋，食之乏味，弃之可惜，唯有在空荡荡的回忆中扪心自问了。

你隐藏内心深处的或许不是一根能将清水搅浑的木棒，但你不愿吐露的宝藏却甘愿隐藏浑水之下了。

美用言语编织的那顶花环从不戴在任何人的头上，它行走在任何道路上，却从不指引；它的歌声萦绕在任何道路上，却从不久留，一切唯有找寻。

若你曾在罪恶的心间播过善良的种子，它随黑暗扩大的影子里也会携带善良的根，或许在一位仁慈的母亲的呼唤声里，它能循着阳光的方向生根发芽吧！

在新旧交替的伤疤里，若你因忙碌把从伤口的中心剥离的皮遗忘在边缘，在行走中，它势必会扯动着你中心的神经的痛。

满足在暴风雨里堆砌的那道彼此串联的模型，虽被暴风狂吹，被骤雨肆虐，有满足斟满的生命做支撑，它从不满溢或倾斜。

能荡起回声的那座山谷，它的心从不在声音里回荡，声音也从不在心里驻足，更不倾诉或聆听。

夕阳之下，你听闻疾驰的马蹄声敲击大地的声音而打开窗眺望远方，是否感到黑暗也在俯瞰着你的屋内呢？

树皮包裹的不是它的心，而是养育它的心茁壮成长的汁液，要不它怎会皱着肌肤给疲乏的汁液栖息呢？

通常需求所描绘的那幅画卷里所呈现的往往是一颗被欲望操控的心，但它却用一个完整的灵魂来遮掩伸出来的空手。

神秘的面纱

某种形象在远播前，它只是众多形象里的一个，甚至在紧闭双眼时也不能映出自己的影子，它在欢悦中成为自己，在赞美中远播。

遮掩神秘的那张面纱多想在神圣中成为永恒啊！可它被虚伪占据的心又怎能抵抗太阳穿透镜子的炙烤呢？

若你从精神紧绷的那张弓上射出的箭不曾射中你的肉体，在行尸走肉的旅程中，你能拿什么遮掩赤身飞奔的躯体呢？

若你在岁月摊开的本上的创作不曾在时间的摊上呈现，在人们热情的询问中，你能拿什么慰藉空虚又失落的心灵呢？

若你借助风扇吹出的风不曾扇动你被尘埃禁锢的羽翼，在拼命的拍打中，你能拿什么解放身陷笼中的自由呢？

烈日之下遮蔽你前行的浓荫是在伞的影中完成的，你不必谦让，也不必争抢，只需默默地跟随它。

光抛出的问题，你若不能在光中回答，你唯有远离光；光射出的线，你若能在摇曳中跳跃，那么你就拥有光了。

你对星空的仰望若不是从梦里开始的，那么你就不要抗拒现实为你披上的衣服，穿着它去攀爬探索高耸的阶梯吧！

重叠亲手折叠的纸张即使再厚，字迹散发的芳香也不会被遮掩，在折叠的碰撞中，你会因省悟而感叹。

你放入时光机里的那支笔是否在转动中消磨了它的意志也仍未勾勒出你的人生呢？你就不要捧着它的浮渣自怜了。

满溢的水未必能流回它生命的模型里，或许在某个宽阔的地方流向远方或消失，愿你忙碌的脚不要阻挡它艰辛探索的路。

若你从灵魂的殿堂里射出的那支箭未曾射中被黑暗禁锢的窗子，那么你怎能在黎明中寻找自我呢？

不要说人生暗淡，只要你站在光的方向，它也在竭尽全力地把你在黑暗之中倾斜的影子纠正。

为何你甘愿让遨游成败之间的梦停留起在点上呢？难道你为供养精神所准备的养料里，就没有窥探终点的勇气吗？

天地之间，若解不开这日月星辰的奥秘，不妨低下头，看看借着天空捉迷藏的孩子，就让我们成为欢乐的谜中之人吧！

无形的阶梯

愿你在大雨中展怀呐喊的双臂不是被雨水的打击而垂下的，而是为抚触复活的庄稼而上抬的。

如果死亡能拥抱生命，那么在光明照耀的那道神秘的大门中探寻黑暗，生命也能拥抱死亡。

贯穿你灵与肉之间的那道伤口虽没有延至你的心间，在岁月的扯动中，它们却犹如一块介于淡默与永恒之间的疤痕烙入你的心间。

你对永恒的认知若是从永生之门的缝里窥探到的，那么在你打造的那扇精神之门里，你定不能占位示宠了。

你对偶像的崇拜若是从握手之后的余香里开始的，那么当手中的细菌被洗净之后，你必会为那样的印记而颤抖。

为了攀爬而建的无形的阶梯不必在意你掷地有声的回响，烈日之下，你唯有获取成功而升腾。

记载知识的那本书既不能高于你的头顶，也不能低于你的足下，因为饱饮静默的知识时，必须在潮汐中与之保持平衡。

现实给登高和攀爬披上的外衣颜色虽有不同，在行走的途中，它们的距离都是围绕山的中心走的，逢顶而下，望山而爬。

你停留岸边的心是否随岩石被激荡的浪花淹没了呢？在嬉戏的跳跃中，你为何不趁机抓住岸边的藤呢？

在平原上晃荡的那片云哟！不也是在每个清晨等待破晓的升起，借着它的光芒把自己的影响力烙在大地的心上吗？

但愿堆积你心中桌面上的都不尽是生活的垃圾，纵使岁月油腻了你，也愿你如当初出走的少年那般布置你的桌面。

即使被风包围也不会掉落的火红的枫叶，此时多想飘入树下失恋的人手中，它愿焐热冰冷的心，赠人以希望。

你借着明月的光辉在大地的跳跃中弹起的光波，或许会越过你在天空集合，又或许会被你的高傲踩在足下。

孩子呀！在会走路之前，你应学会辨别方向，因为在成长的路上，你的需求总被锁在盒子里，钥匙唯有在确定方向后才能打开它的锁呀！

莫怪嘈杂的声音总是冲击着你源自心灵的声音，因为这只是角色在无声的转换中难以适应罢了。

你悬挂屋顶的那盏灯不过是太阳更小的影子，仰望星辰的方向也唯有在黑暗之中照亮你了，于白昼你是无形的。

远行的路

在生命的码头上眺望，倚在护栏上的你能否猜出这淹没石阶的水流之深呢？又能否望尽路灯照耀的远方呢？

不可否认，挺立你花坛里的那株树是循着路的样子生长的，苍茫之间，即使渺小得似一颗尘埃，它也仍含苞待放般坚守在路的尽头。

若你在十字路口为指引而培育的那束花因太过茂盛，导致它的藤把前行的路淹没，你能徒手解救身陷囹圄的众生吗？

与明月一同倒映浅滩的岸边的树也许未能淹没你的足膝，但你也不要高傲地弄浑它的影子来包围你。

在你生命的湍流中披着浓烟离去的那艘小船，

若是没有平静的心态做划桨，它将被浪花渗透，直至淹没。

在命运的断崖处冲刺，或许你都是掉头跨越洪波反转命运的吧！要不你怎会在水帘的衬托下眺望曾经的足迹呢？

是谁抹平了你曾在悬崖处屏住呼吸留下的痕迹？或许是激流在岁月的夹缝中冲撞溅起的浪花吧！

别让从你血管里迸出的火花燃烧了你的生命，愿你在金钱供养的原料里吸吮到的都是供养生命的血液，别是一包阻塞血管的糠糟。

纵使你手握坚固的杠杆，在艰辛的旅途里，还是阻挡不了左右摇摆的镜头，茫然中遮蔽了你的视线。

你的影子不是在微波的荡漾中模糊的，而是在行走中模糊的。

洪水搅起的漩涡，洪水未必能填满，在时光的流逝中一切唯有自填。

浓荫撑起的那片天虽阻拦了花草对阳光的仰慕之情，不过也缓解了暴雨对它的肆虐。

从门槛望去，静立你心中的那截房梁之柱是否遮蔽了远处的风景呢？但愿别因此漠视柱围成的那道永生之门吧！

心太窄，又何须把翅膀伸得太长？若不能在心里飞翔，一切都是徒劳的，梦也是徒劳的。

愿站在寒冬与酷暑彼此互融之后才成形的那块地上的你受煎熬的是你的躯体，而不是你的灵魂。

跳跃的热情

瞧，站在被白雪覆盖的围墙上，鸟儿正抬头寻找着挂满枝丫的火红的果实呢！为何紧闭门窗的你，只愿放出一缕炊烟来探索呢？

如果吞蚀你生命的是支撑你生命的高山，在塌陷的瞬间，但愿从它中心迸发的泥土拯救了你，而非边缘的泥土包围了你。

阻碍你前行的并非道路本身，而是卡在生命里的东西，或是一颗关乎光明的螺丝，又或是一颗使你打滑的石子。

在大地上寻找的人，即使匍匐着前行，与自己的影子合二为一，也未必找的到自己想要的东西，除非循着光从裂缝里透出来的方向。

其实你在绳中跳跃的热情是被灯泡点燃的，

跳离大地的瞬间竟让众生在虚无的世界驻足凝望。

灯只是从岸边离去，并不是熄火，岸上的你为何会陷入惊恐呢？难道只因它没有照亮你归去的路吗？

若你的舞步能甩开这紧绑你神经的外衣，在旋转中，你又何愁它不会变成与云彩起舞的彩带呢？

司机从不轻易偷窥他前行携带的盒子，因为拯救他于危难之中的唯有大地做杠杆才能撬开，也唯有大地才能关闭。

即使生命的食盘包围着你，你也不应让充斥胃里的口水流下来，应让充斥黑夜的篝火烘烤着你。

对立在你心中的影子，日夜挑战着敌人，是否在进攻时打败一只如虎般的敌人，还是被吓退？

飞行的朋友！海鸥早已在你无法着陆的海面用生命搭建一块陆地，你就不要用犹豫冲散它的热情了，赶紧着陆吧！

别躲在角落试探生灵的智力，你抛出的诱饵不过是一面来自你内心的镜子，生灵早已在诱惑中偷窥你的内心了。

在丛林中舞蹈的人儿哟！别用你的衣袖惊扰了被光包围的枝丫，它可承载了和你一样重要的梦。

在无垠的地上仰望，夜里的的电闪雷鸣是否惊醒你触摸天际的梦呢，抑或在光的缝隙间腾飞的梦？

若花瓣是从你合拢的那本书里飞出的，你又何须哀叹吸尽你气息的气球不能带你飞翔呢？

风中的言语

沿着光的方向，若你的人生是沿虚无的阶梯向下行走的，那么这或许是一道被仁慈拯救的路。

莅临你内心的花与果虽来自同一棵树并吸其精神，却在你的心上占据不同的分量，果使你躯体饱腹，花却赐你灵魂以芳香。

如果偏离航线，即使起飞时能准确地叼啄那根从上空飘落的羽毛飞翔，命运的长河却是不能跨越的呀！

不要让指引你方向的眼睛迷失了你，也不要让飞翔的翅膀增加你的重量，让一切在影中进行，在影中前行。

从大地的中心出发，你该用怎样的速度才能迈出这被五颜六色包围的边缘啊！愿你的一片赤诚别被这鲜艳的毒镀上了色。

其实生命是循着光的足迹而来的，从地平线上升起，于璀璨中照耀大地，随后又回归地平线的怀里，一切周而复始。

洪水的愤怒只能使你人生路上的某个路口决堤，却不足以冲刷你用心血浇灌的梯田，你又何须为此而沮丧颓废呢？

坐在山的垭口远望，若你不曾亲手抚触被夕阳晕染的那片云彩，你就不用怜惜那块被青苔覆盖的奇石了。

萦绕你心田的声音若不是从你身边发出的，那么你为收获而不停挥舞的双手又能收获什么呢？

徘徊你记忆的距离若不是从你周围测出的，那么你为测量而不停跳动的足迹又能测出什么呢？

即使你的心不曾随东升的朝阳升起，也不随西山的落日坠下，在你停歇或前进时，它都在偷窥或倾听你周围的一切。

坠入深渊的灵魂若不能在沉静中归返，面对潮涨般的呼唤声你在风中能分辨它夹带思想的言语吗？

即使从你手中抛高的东西与大地接触的刹那再震耳发聩，你的心也会被接踵而至的沉寂所包围。

若使你心疼痛的是某个来自边缘的伤口，那么你被欲望掌控而不断摇晃的手该怎么按住从伤口涌出的鲜血呢？

夜间萦绕你房舍的雾霭不也萦绕着你的田野吗？为何在花开的季节，你只能孤寂地走在田坎上呢？

智慧的甘泉

也许你被微风轻拂的面庞和映入镜子的面容都曾随呼吸一块儿进入熟睡中的梦，却也只是随时间的跳动而苏醒的梦。

若你穿过细胞和血液的歌声不能在平静的湖面荡起微波，你不过是贴着无声的湖面在数着跳动的脉搏。

若你的爱是靠某根挂满利益的藤支撑的，在有限的空间里，它该怎么突围和独立呢？

我们从不畏惧锁链的禁锢，就像被花盆禁锢的花草从不放弃把它的芳香飘洒天空，我们的精神也是如此。

独自走在海边，是否感到大海的呼唤正冲击

着你内心的堤岸呢？它又何尝不冲击它的堤岸反抗死亡呢？

我们在一切的路上行走，却反抗着一切，又接受着一切，在锁链圈成的圆圈里，我们总用泡沫放大它的面积，以此衡量我们的功绩。

命运似船，即使干涸的河水使它搁浅岸边，或潮水使它无法靠岸，它仍毫不犹豫地承载着一切静静地等待着。

在探索的世界里，语言的深度从未抵达思想的中心，因为在思想的影中，有一半是未知的。

记忆从未抖动它封存在无知里的尘埃，也从未保存无为的记录，是什么偷走了它常挂脸颊的笑容和自信呢？

为防在岁月里凋零，智者从不高举心中那盏越燃越旺的明灯，智慧在精神的默默吸取中扩展。

别气馁，那盏盘踞你头上不知何时被岁月的风腐蚀、被尘埃镀上一层外衣的灯不也在每个漆黑的夜晚守护着你吗？

瞧，你为吸引关注悬挂在摇篮外的那串吊坠，从不配合摇篮内的你摇响自己，也从不向你求救。

如果生命的格局里没有高山做支撑，那么即使你在平原的中心舞蹈，你也仍一无所获。

欢乐不仅对生命以外的东西全然不知，甚至对生命以内的东西也知之甚少，欢乐便是生命的渴求。

谁能兑换你高挂城门上的信仰呢？唯有知识的浪花的冲击使之微颤、智慧的甘泉使之滋润外，别无他法。

折断的羽翼

在相互融合的世界里，万物从未持坚定的立场为自己划定一条界线，虽未沉沦其中，却也摇摆左右。

走在仁爱划分的两条等长的路上，若受赠者从不羞怯，赠予者从不高傲，礼物便能安心地进入梦乡了。

是的，孤独并非无为，它曾用愤怒之火燃烧攀登路中的荆棘丛林，也曾用勤奋的汗水收获站立高凸之地的精神食粮。

即使站立平原化作的垫脚石上，你能触摸山巅的网也无法捕获云雀的影子，唯有在暴风雨中拿着折断的羽翼自怜了。

异乡人，即使攀越山峰之巅，你也不能俯视

故乡的影子，唯有目送飞鸟远去的方向补充你贫瘠的想象了。

果实酿造的果汁虽甘甜，却不能饱腹，粮食酿造的美酒虽解渴，却不能使你清醒，就让探索在原料的秘密中寻找自我吧！

能被躯体封闭的心，即使手指按压在鲜血涌出的伤口上也不会触动疼痛的神经；能被心禁锢的灵魂，即使阳光照射也未能融化它被冰川封冻的自由之心。

生命是思想的开端，思想却不是生命的终结。

但愿生命孕育的一切不要在记忆中化作一团烟雾，而是在雾霭中化作一颗晶莹剔透的水晶。

若你的心是因强大的后盾而变得坚定无比的，那么你因呼吸而挺立的骨架会撑起你在梦中想要的一切吗？

若你的梦是因搏动的心跳而变得连续不断的，那么你因幻想而绷紧的神经会倾听声音诉说的一切言语吗？

探索的心不会因被大海的迷雾遮蔽双眼而迷茫，也不会因大海的咆哮阻塞听觉而颓废，一切皆因过程而精彩。

横在白昼与黑夜之间的那块帘幕，从未在黑夜来临时降下，也从未在白昼来临时升起。

如果不能保护万物所赐予的一切，也不能满足万物所需求的一切，在伸手的瞬间，我们能抓住什么呢？

与青春告别之前，在昨日的梦中，我们仅仅能记起几个零碎的片段，在告别之后，我们却在回味中努力地记起所有。

坚固的模型

你所描绘的画本上和赞颂的歌词里，是否把成就高调地展现众人的眼前呢？里面有因向往而筑起的灵魂之塔吗？

左手能举起的东西，必将在右手的指尖上举得更高。

你在无声的睡眠中所跨越的那段时间的缝隙虽超越了你的梦境，却也被白昼的回忆终结。

记忆弹奏的那首深沉的歌若不能在现实之潭中搅起浪花，在握手的瞬间，谈资能荡起心中的涟漪吗？

呐喊中，你的动作是妥协于方向的，要不你拔锚起航的帆上怎么会有高飞的鸟儿追随呢？

站在潮水退却的堤上，你是不可能再次倾听沉寂内心的声音了，你应亲临潮水，并置身其中。

在永恒的求索中，但凡能够发芽的种子都是在自由的细缝里挣扎；从时间的沙漏里过滤才能茁壮成长的。

即使盘踞你心中的谜语能越过重重波浪，在海浪的咆哮中，它又怎能逃过岩石和沙子的撞击而保存那块神秘的面纱呢?

法律不仅在太阳的影中照耀着雾霭，也极力地透过月亮的余晖把自由的影子扶正，是正义之星匡扶万物的窗户。

如果没有坚固的模子，你就不应该在承载你所有的凳子上摇晃，以免把你所有的愿望摇醒。

倘若撞击海岸的浪花也曾越过你的根基之石来到屋内，那么它不仅抚慰过忧伤的你，还警醒过你深居灵魂深处的命运。

栅栏之外能仰望什么呢?除了随炫动的星空而陷入沉思的心外，能否倾听栅栏之内的花草的呓语呢?

你在徒步行走时，天地承载的只是你身体的重量；当你停步时，天地承载的却是你的全部。

照亮大地的或许是月亮，照亮你内心的却是一颗星星。

搅动生命之潭的并非生命本身，而是一颗与思想并驾齐驱的心。

航行的路程

并不是所有的曲调在冲击你灵魂的瞬间便能使你铭记的，有的是透过唇齿之间的发音使你铭记的。

童年的蜜罐虽小，却贮藏了所有的欢乐，或许在人生的某个岔路口，用手拔起的误入歧途的根会因撬动它尘封的盖而泪流满面。

心是因两只炽热的手一起比画才跳动的，脚步也是因两只炽热的手一起甩动才迈出的。

镜中的翅膀纵使华丽，也不过是现实的羽毛编织而成的，悬崖处，它是不能绕过幻想的大道而独自起飞的。

即使在大地的中心舞蹈，你也不能因骄傲而

忘形啊！因为那是数倍于你并且包围你生命中心的边缘呀！

光在温暖人心之前，它被生命包围所有；光在温暖人心之后，它把所有赐予生命。

面向外界，门与窗的位置是不能互相调换的；面向内心，窗与门的面积也是不能互相取代的。

面对喧闹，唯有沉默做以回应，因为从回声的囊中射出的那支箭无法追赶声音的速度，也无法探寻山林深处的呐喊。

海浪用生命撞击岩石谱写的乐曲虽不足以在宽阔的海平面上广为传唱，却也足以改变人们航行的方向和命运。

纵使老鹰从地平线上叼啄飞翔的猎物是从饥馑者的园中夺走的，在追赶的途中，谁能预测飞行的方向而不偏离轨迹呢？

孩童幻想的风帆虽未能在人生的海上航行，成长的途中，这无疑让甘甜的外表供众人品之，而留其心化作肥沃的养料。

注其外表而不能灌溉内心者，徒然，灌其内心而不注其外表者亦是徒然。

海洋之下

海之所以为海，并非它自身决定的，而是铸就它胸怀和气度的地理之势决定的，还有衬托它深度和宽度的细流和群山决定的。

风平浪静或狂风暴雨都不能使居于海洋之下的心动摇，更别说诱惑了。

海洋之下，和风自然不可穿插其中，在海藻的枝丫轻微摇摆的瞬间，从海藻丛中穿梭自如的鱼群的嬉戏间，这于瞬间碰撞的生命共同体又岂是人间的和风所能撼动?

朋友，如果你是一位在夜间航行的舵手，不妨把你手中的希望之灯投向海面，即使灯光被海浪席卷甚或覆盖，也比你置于水塘而落空的网强得太多。

朋友，如果你因航行太久而陷入沉睡的灵魂能被某种声音瞬间击醒，那或许是海洋拉开序幕的声音，纵使那是大地隐藏的一部分，它也没有因此而沮丧不已。

如果你要借助生命之外的东西潜游海底，请出发之前务必携带你的希望之灯，而非急于开启生命的按钮。

瞧，你的眼到之处，海洋虽没有被雨露温柔以待的土地，它还是决然地用那颗陷入沼泽的心培育万千植被；它虽然没有和风吹拂的天空，却还是毅然地用那双无形的双手，不停地搅动着这平静的水波前行，好使在间缝四处蔓延的气浪与植被接触的时候直抒胸臆；它虽然没有悬挂高空的明月光临，却还是巧妙地借助了人间的微光，使生灵在沟谷丛生的林间摸索前行。

诚然，即使发现被某根高于海藻的枯枝或被枯枝覆盖的植被，你也可以忽略不计，因为鱼群总是以此为记而前行，而你也是踩着林间的枯草而来的。

朋友，纵使海洋之下的世界丰富万千，你也别因迷恋而停留太久，更别让那朵长在峭壁之上的海藻之花绊住你系在船上的绳索，以免因此而耗尽照亮你返程的希望之光……

月光彼岸

如果有什么是你的心无法触及的，或许是悬挂彼岸的那轮月光了，那轮只需你的五指分开便可握在掌心的明月，却无法映入你的心房，人生是不是有些许遗憾呢？

你不必望月哀叹，如果你的身后有一片树林，你就退到林中去吧！即使林荫把你的影子分为几段，你也不应犹豫。

倘若群山不是从迷雾的萦绕中突围的，屋宇又怎能展现它的挺拔呢？

明月不仅要从林中突围，还要从你行走的视线中穿越，哪怕那是一团乌云或是泥沼。

你也要如此，不然你的歌声怎会透过窗户回荡在林间呢？

如果映入你眼前的是无数的互相追逐的碧波，你不妨踩着柔软的细沙走去，但切莫带走细沙周围的花儿。

因为这碧波虽把细沙均分两岸，你的路途却因此显得漫长，若被途中的某根藤蔓绊住，你又怎能欣赏彼岸的花期呢?

去吧！趁明月当空，踩着碧波去吧！

倘若海浪不是从无边的沙滩上突围的，海堤又怎会留下岁月腐蚀的痕迹呢?

你也是如此，不然你怎会不顾脸上的皱褶而大笑呢?

你瞧，鱼儿也会把明月倒映水中的影子当成一面镜子，欢快地跃出水面照耀着自己。

你虽不能握住这面镜子拉长身后的影子，但也要借这面镜子照亮前行的路；它虽不能把群山的身影收纳眼底，却也不会把空中的海市蜃楼映入你的眼帘。

去吧！趁明月当空，破晓未临，踏着碧波上岸吧！

倘若价值不是从时间的沙上突围的，生命又怎能把名字贡献到更高的地方呢?

你也要如此，不然你怎能对着灵魂畅想未来呢?

空荡的角落

每当我与伙伴结伴同行，走在热闹非凡的大街上的时候，心中却感到落寞无比。

不是因为掉队，也不是因为走在路上而未知路的尽头，为什么总是不由自主地出神呢？

难道是心中某个空荡的角落未得到填补吗？还是走在拥挤的街道感到迷茫？

这时，我的灵魂突然告慰我：

“朋友，于躯体而言，我只是你的其中之一；于精神而言，我却是你寻求的另一个大我。”

就像在河边弹奏生命之曲的那位逐梦人，在夕阳的晕染下，河流只是点缀他生命的陪衬，在摄影师的镜头里，他们却是不可或缺的整体。

还有那悬挂竹竿上的鱼儿，即使被挖去内脏，也从未停止过摇摆自己的身体，竹竿也是如此。

你又何尝不是如此呢？当你在自我中思考的时候，你无疑像一匹脱缰的野马那样任性妄为，不是人间的大道太挤，而是你的心太窄。

所以啊，我们必须融为一体，唯有如此，我们才能来去自如地行走于系在云端之上的钢丝上。

金秋来临，当我兴高采烈地拿着偌大的筐来到我播种的那块庄稼地时，心中却失落无比。

不是因为叶子枯黄，也不是未开垦的边缘土地，为什么悲却涌上心头呢？

难道是遍地的枯叶使空荡的心膨胀吗？还是偌大的筐使身体寸步难行？

这时，我的灵魂突然劝慰我：

“朋友，于行为而言，我只是你的其中之一；于思想而言，我却是你寻求的另一个大我。”

如果狂风是从边缘席卷中心的，野火便是从中心蔓延边缘的，它们在相互碰撞的瞬间，便摧毁了所有。

在播种的时候，你既不可因收获而编织大于付出的数倍的筐，也不可因懒惰而放弃开垦土地的边缘，更不可因炫耀而把探索心灵之镜挂得太高。

因为点燃意外的只是一点火星，抹黑镜子的也只是一缕浓烟而已。

海浪为什么总是一波接一波地冲破禁锢它命运的堤岸，最后又悄无声息地回到它的归途里去呢？或许是想一鼓作气覆盖悬挂天边的所有云彩吧！奈何那终是它的影子的狂想而不得不黯然收场。

池淹半夏，荷花挺立，荷叶唯有在静默中守候或消失了。

你又何尝不是如此呢？你的希望虽来自不同的母体，你却只能择一良木栖息，或从某颗种子里破茧而出，茁壮成长，而非学那风中凌乱的杂花野草般遍地开花。

所以啊，我们必须融为一体，唯有如此，我们才能恰到好处地去抉择所需，才能理直气壮地分享所得……

是的，我的灵魂时常劝慰我，启示我，我却嫌前行的路太过漫长而把它抛弃，以至于当我登上峰巅之时，因体力不支坠入悬崖……